KB114151

천 번의
환생 끝에

천 번의 환생 끝에 10

요람 장편소설

초판 1쇄 찍은 날 § 2018년 4월 18일
초판 1쇄 펴낸 날 § 2018년 4월 25일

지은이 § 요람
펴낸이 § 서경석

총괄팀장 § 최하나
편집책임 § 김슬기
편집 § 김경민

펴낸곳 § 도서출판 청어람
등록번호 § 제387-1999-000006호
등록일자 § 1999. 5. 31
어람번호 § 제1-2886호

주소 § 경기도 부천시 원미구 부일로 483번길 40 서경B/D 3F (우) 14640
전화 § 032-656-4452 팩스 § 032-656-4453
http://www.chungeoram.com
E-mail § chungeorambook@daum.net

ISBN 979-11-04-91710-3 04810
ISBN 979-11-04-91433-1 (세트)

요람 장편소설

FUSION FANTASTIC STORY

10

천 번의 환생 끝에

도서출판 청어람

천 번의
환생 끝에

Contents

Chapter71

심장병II

소희는 착 가라앉은 눈빛으로 자신과 미소를 바라보는 수호를 보면서, 보이지 않게 주먹을 꽉 쥐었다.

"학교는 어쩌고 왔어?"

"바보야! 끝났으니까 왔지!"

"벌써……?"

힘없는 눈빛으로 병실에 걸린 시간을 확인하는 수호.

고등학교 3학년이면 사실 지금은 수업 시간인 게 맞았다. 하지만 오늘은 단축 수업 날이었다.

세 사람이 다니는 학교는 3학년이라고 꽉 쥐어짜는 학교가 아니었다. 오히려 수업 시간을 훨씬 여유롭게 주고, 학생 개인이 따로 공부하는 시간을 늘렸다. 이 방법은 학교가 개교했을 때부터 실행했었고, 성취도가 확 올라감으로써 대성공을 이룬 프로젝트였다. 어쨌든, 그래서 셋이 다니는 대성고등학교는 일주일에 한 번은 꼭 단축 수업을 했다.

"많이 안 좋은 거야?"

"아니, 그냥……."

미소의 질문에 수호는 말끝을 흐렸다.

어딘가 좀 난처한 표정과 웃음이었다.

그런 수호의 모습에 소희는 또 입술을 보이지 않게 꾹 깨물어야 했다. 하고 싶은 말이 목구멍까지 올라왔다가 소희의 이성에 부딪쳐 다시 힝! 하고 내려가기를 반복하고 있었다.

"얼굴 창백한 것 봐… 힝."

소희가 하고 싶던 말들이 뱉었던 힝! 과는 전혀 다른 느낌의 힝은 그녀가 진심으로 수호를 걱정하고 있다는 것을 알게 해줬다. 소희는 한 발자국 떨어졌다. 거리가 가까우면 필사적으로 참고 있는 말들이 훅훅 튀어 나갈 것 같아서였다.

'새치기했으면… 아프지라도 말았어야지! 건강했어야지!'

만약 결국 열불이 터져 나온다면 아마 이 말이 가장 먼저 날아왔을 것이다. 그만큼 지금 수호의 모습은 볼품이 없었다. 소희는 그게 너무 싫었다. 그래서 소희는 잠깐 화장실 좀 갔다 올게, 하고는 병실을 나섰다. 그러곤 실제로 화장실에 갔다.

트라우마.

수호의 볼품없던 모습.

이 두 가지는 소희의 기분을 아주 바닥까지 끌어 내렸다.

"후……."

차가운 물을 틀어놓고, 소희는 연거푸 세수를 했다.

끓어오르는 감정을 냉수마찰로라도 식혀볼 생각이었다. 의도가 성공했는지 한계까지 찼던 열이 조금씩 내려갔다.

"심소희."

거울 속 소희의 반짝이는 눈빛이, 현실의 소희를 바라봤다.

"아냐. 오늘은 아냐."

소희는 그 말에 거울 속 자신이 고개를 젓는 것 같은 환상을 봤다. 그 정도로 무의식이 거부하고 있었다.

솔직히 소희는 지금까지 많이 참았다.

동생의 순번을 새치기하고, 목숨을 구원받은 수호에게 몇 번이나 쏘아붙이고 싶었다. 하지만 너무 착한 수호의 모습에 망설이고, 또 망설이다가 지금까지 왔다.

그래, 저 세상 물정 모르는 수호가 무슨 힘이 있어 순번을 바꿔치기 했겠냐.

그 부분을, 소희는 알고 있었다.

하지만 아무것도 모른다고 해서……

"죄가 없는 건 아니잖아……."

꾸욱.

화장실에서마저 나는 병원 특유의 냄새에 소희는 또다시 주먹을 꽉 쥐었다. 그러곤 다시 연거푸 얼굴에 찬물을 끼얹은 다음, 손수건으로 물기를 닦고 병실로 돌아왔다.

끼이익.

개인 병실인데도 나는 거북한 소리에 소희는 잠시간 인상을 썼다.

"왔어? 소희야, 아직도 속 거북해?"

"응? 아냐, 괜찮아."

미소의 걱정에 소희는 적당히 대답하고 미소의 옆에 앉았다.

힘이 하나도 없는 모습.

창백하기만 한 안색.

얼굴을 보니 또 화가 치밀었다.

하지만 미소가 있어서 오늘은 적당한 날이 아니었다.

30분쯤, 이 얘기 저 얘기를 하고 나선 일어났다.

이제 다시 월내항으로 가야 오늘 마지막 배에 탈 수 있었다.

"갈게! 다음 주에 퇴원이랬지? 학교에서 보자!"

"응. 오늘 와줘서 고마워."

"흐흐! 고맙기는. 친구 사이에! 정 고마우면 건강한 얼굴로 학교에 나와!"

"알았어, 꼭 건강한 얼굴로 갈게."

힘은 없지만 그래도 최선을 다해 웃는 수호의 얼굴엔 순수함이 가득했다. 왜 이렇게 아픈 건지, 원망스럽기도 할 텐데 수호는 그런 기색을 일절 내비치지 않았다. 인사를 끝내고 병실을 나섰다.

엘리베이터를 타고 내려와 병원을 나섰다.

찬 공기가 들어오자 그제야 소희는 숨이 트이는 걸 느꼈다.

"너 진짜 어디 안 좋은 거 아냐? 오늘 시작했어?"

"아니, 그런 거 아니라니까. 그냥 병원이랑 잘 안 맞아서 그랬어."

"아, 진짜? 힝. 근데도 병원 가자고 먼저 말 꺼내준 거야?"

"뭐… 미소가 힘이 없어 보여서."

"꺄! 소희 짱! 고맙고 미안하구! 어쨌든 짱!"

"꺅! 하지 마! 하지 말라니까!"

껴안고 볼을 부비는 미소 때문에 머리며 옷이 엉망이 됐다. 하지만 이 자체는 그리 기분이 나쁘지 않았다.

항구로 돌아가는 버스. 요즘 잠을 못 잤는지 미소는 금세 꾸벅꾸벅 졸았다.

스르륵.

그러다가 미소의 머리가 스륵 쓰러지더니 소희의 어깨에 똑 떨어졌다. 소희는 그런 미소를 가만히 보다가 창밖을 바라봤다.

오늘은 머리가 복잡했다.

아픈 수호를 봤기 때문이기도 하고, 병원 자체가 문제기도 했다.

"하아……."

그래서 괜히 한숨이 나왔다.

하지만 이내 마음을 다잡았다.

소희는 아주 분명하게… 여기 온 목적이 있었다.

버스는 그런 소희와 행복한 모습으로 잠든 미소를 태운 채 다시금 항으로 열심히 달려갔다.

* * *

"컷!"

막 고민을 하다 침대에 올라 잠이 드는 신까지 끝났다.

늦은 밤까지 이어진 촬영이지만 이민정 감독이나 촬영 팀의 얼굴에 피곤한 기색은 찾아볼 수가 없었다.

며칠 전 서원이 한 번 슬럼프에 빠졌다가 다음 날 바로 극복하면서 촬영이 정말 순풍을 단 듯 이어져 나갔기 때문이다.

배우들이 모여 마지막 신을 확인했다.

신입답지 않게 열정적인 눈으로 숨마저 죽인 채 신에 대한 분석이 끝나자, 이민정 감독은 오케이 사인과 동시에 오늘 촬영 종료를 알렸다.

"고생하셨습니다!"

"고생하셨습니다!"

오늘 마지막 신을 촬영했던 서원과 이수진이 스태프들에게 허리를 숙이며 인사를 하고 다녔다.

지영은 그런 두 사람을 기특한 눈빛으로 바라봤다.

매일매일 저러는 것도 참 쉽지 않은데 둘은 항상 자신의 분량이 끝나면 저렇게 인사를 했다.

"아들이 참 밝어. 그자?"

"그래 보이네요."

"어휴, 오늘도 한잔?"

그 뒤에 손동작과 함께 깍? 하는 황정만 때문에 지영은 고개를 절레절레 저었다. 사실 내일은 일요일이라 촬영이 없는 날이긴 했다. 하지만 어제도, 그저께도 둘은 촬영을 끝내고 술을 마셨다.

황정만은 진짜 술을 좋아했다.

만취할 때까지 마시진 않았지만 한번 시작하면 두 시간이고, 세 시간이고 술자리를 즐겼다.

'영화배우들 중에 술 싫어하는 사람들 없다더니…….'

그리고 그중에서도 황정만은 가히 원탑이었다.

어휴.

이 말을 지영도 듣긴 들었다.

근데 진짜 이 정도일 줄은 상상도 못 했다.

그리고 한번 말을 꺼내면 그 사람이랑은 꼭 그 자리에 있어야 했다.

지영은 절레절레 고개를 젓고는 그의 손짓에 몸을 일으켰다.

숙소로 돌아가자 이미 준비를 시켜놨는지 임수민이 숙소 중간에서 모닥불에 고기를 볶고 있었다.

매콤한 냄새.

제육볶음이었다.

서울에서 임미정이 거의 돼지 두 마리분의 앞다리 살을 사다가 유선정과 함께 양념에 재워 보냈다.

촬영 팀에게 넉넉하게 나눠 준 뒤, 나머지는 거의 황정만의 술안주에 투입되고 있었다.

"어, 누나? 오늘은 누나도 드시게요?"

"드시게요, 라니. 나이 많아 보이잖니."

"많으시면서 뭘? 주세요, 제가 할게요."

"다 했거든? 괜히 생색내려고 그러지?"

"아니거든요?"

"됐으니까 가서 밑반찬이나 좀 꺼내서 세팅해 줘. 그리고 수진이랑 서원이도 불렀으니까 오면 같이 시작하자."

"에헤이! 뭐더! 술 세팅 안 허고!"

황정만의 투정에 두 사람은 그냥 피식 웃고 말았다.

다시 드는 생각이지만…….

이상하게 영화인들은 술을 좋아한다.

그리고 그중에서도 황정만이 제일 술을 좋아한다. 하지만 지영은 요즘 들어 왜 황정만이 이렇게 술을 자주 먹자고 하는지 대충은 알고 있었다. 이제 곧 섬에서의 촬영이 마무리되면 뭍으로 나간다.

지영, 서원, 이수진은 거의 붙어 있고, 반대로 임수민과 황정만은 또 둘이 거의 붙어 있는 신이 많다.

즉, 이제 촬영 기간 동안 굳이 찾아오지 않으면 만나기 쉽지 않다는 소리였다. 그래서 황정만은 일주일 뒤면 끝날 섬 촬영이 아쉬워서, 요즘 매일 지영을 술자리에 강제 참석 시키고 있었다.

물론 어떻게 보면 이것도 불합리하다 할 수는 있겠지만, 사실 지영도 술자리를 그리 싫어하진 않았다.

이런 자리에서 나오는 솔직한 대화들을 좋아하기 때문이

었다.

매콤한 제육볶음이 접시에 담겨 넓적한 상 중간에 올라왔고, 지영은 통에 얼음과 소주를 담아 내다놨다.

옷을 갈아입고 조금 늦게 온 서원도 밑반찬을 서둘러 세팅했다.

뽕.

꼭 소리를 낸 뒤에야 술을 돌리는 황정만이었다.

"손 씨겼으니까 드릅다 생각 마야."

"아니에요, 선배님."

"으허, 오빠는 좀 욕심 같으니께 삼촌이라 불러라."

"네, 삼촌."

오빠라니……. 참 양심도 없는 소리를 한다.

다음은 임수민, 지영에게도 잔에 술을 따라 준 황정만은 이수진에게도 술병을 내밀었다.

"네?"

"뭐더. 안 받고?"

"아……."

놀란 눈으로 황정만이 그와 임수민을 번갈아 바라봤다.

"아, 뭐더냐고, 술 안 받고. 어른이 주는 거여. 그냥 받아도 뎌."

지역 불명의 짬뽕 사투리로 나온 그의 말에 이수진은 조심스럽게 잔을 들었다. 이수진은 사실 술을 마셔본 적이 있었다. 그것도 제법 많이. 하지만 어른들과 같이 마셔본 적은 없었다.

꼴꼴꼴.

"담 주부턴 나도 신이 많어야. 그래서 이런 자리는 힘들 것 같으니 오늘이 마지막이다 생각해서 주는 거여."

"네……."

확실히 그의 말처럼 다음 주부터는 황정만도 신이 많았다.

일할 땐 착실하게 일에 집중하는 황정만이니 이런 술자리도 아마 오늘이 마지막이 될 것이다.

"자, 끌끔한 마무리를 위하여."

깔끔도 아니고 끌끔이다.

이젠 적응이 될 법도 한데, 여전히 이것도 잘 안 되고 있었다.

"수진이 니 연기 많이 늘었드라. 지금처럼만 열심히 하면 좋은 일 있을겨. 그르니 딴 맴 먹지 말고 열심히만 혀."

"네, 선배님!"

"뭐더? 꼴깍 안 마시고?"

"네……."

이수진이 처음인 척, 고개를 돌리고 술을 마시고 나서야 술자리가 제대로 시작이 됐다. 현장 정리가 끝난 이민정 감독까지 합류하고 나자, 술자리는 단숨에 무르익었다.

"수진이 많이 늘었어. 음음, 요즘 너 연기 보는 맛에 이 언니가 메가폰 쥐는 거 아니?"

이민정이 글라스 잔에 가득한 소주를 단숨에 털어 넣어 속도를 쫓아온 뒤 나온 말에 이수진은 정말 행복한 미소로 감사합니다! 열심히 하겠습니다! 인사를 했다. 그 말에는 임수민도, 황정만도 고개를 끄덕였다.

물론 지영도 고개를 끄덕였다.

요즘 진짜 그녀의 연기를 보는 맛이 있었다.

넘사벽이란 소리를 듣는 연기자 셋이 성심껏 알려주니 아주 실력이 쑥쑥 늘었다. 게다가 디테일한 이민정의 케어까지. 이수진의 연기력은 날이 갈수록 꽃을 피우고 있었다.

달과 별이 활짝 밤하늘에 떴을 때쯤, 술자리도 엄청 무르익었다. 황정만과 지영의 팀만 먹는 게 아니라 스태프들과 조연들도 삼삼오오 모여서 술잔을 기울이고 있어 엄청 시끌벅적했다.

"하하하!"

"호호호!"

즐겁게 웃는 공간은 그저 같이만 있어도 그 흥에 빠져들게 했다. 다들 끼가 넘치는 사람들이라 어떤 이는 노래를, 어떤 배우는 춤을 추기도 했다. 한 조연 배우는 한국 무용을 전공했는지 틀어놓은 음악에 맞춰 현란한 춤사위를 선보이기도 했다.

"니도 저런 거 할 줄 아냐?"

불콰해진 황정만의 말에 서원은 고개를 저었다. 이수진도 당연히 고개를 저었다.

"작품 끝나고 시간 나면 저런 거 배워둬야. 기타도 좋고, 음악도 좋으니께 시간 날 때마다 뭐든 몸에 익혀놔야. 그르믄 언제고 덕 볼 일이 있을 탱게."

"네, 삼촌."

"니들은 참 운이 좋아야. 나나 수민이, 그리고 쟈랑 작품 하니께 말여. 민석이 형님이나 강우 형님은 웬만해선 이런 말 잘 안 해주시는 분들이거덩."

술에 취해 자꾸 이렇게 조언을 던져주는 황정만을 보면 참 그가 정이 많다는 걸 알 수 있었다. 하지만 뭐든 과하면 부족한 것만 못 한 법.

"아유, 오빠. 이제 그만 좀 해요. 애들 귀 아주 닳겠다, 닳겠어."

"그려? 내가 또 심했냐?"

"더 하면 이제 심해지는 거지."

"알았다야. 자, 우리 지영 동상 한잔혀."

피식.

바로 그만두고 이번엔 지영에게 관심이 넘어왔다.

몇 번을 얘기했지만 지영은 이런 자리, 싫어하지 않는다. 수많은 사람을 만난 지영이다. 그 사람들 중 황정만 정도로 순수하고 정이 많은 사람은 손에 꼽을 정도로 적었다. 그래서 이런 자리는 늘 지영에게 기분 좋은 충족감을 선사했다.

"너도 저거 할 줄 어냐?"

"춤이요?"

"으엉, 그려. 그거."

발음이 살살 나가는 거 보니 이제 좀 많이 취해 보였지만 지영은 굳이 그만 마시라 하진 않았다. 실수할 사람이 아니라는 걸 알기 때문이었다.

"아니요, 못해요."

할 줄 안다고 하면 시킬 것 같아서 지영이 거짓말을 했더니 여러 사람들이 빤히 지영을 바라봤다.

"왜들 그런 눈으로 봐요?"

"'피지 못한 꽃송이여'에서 보여준 건?"

"……."

임수민의 팀 킬에 지영은 난처한 웃음을 지었다. 확실히 마지막에 회상 부분을 넣었는데 그때 지영은 춤을 췄었다. 당연히 기생 복장에, 그 당시 춤사위를 선보였다. 유관순은 공부

하는 모습을 보여줬고, 정은정은 정자에서 차를 즐기는 모습을 흑백 영상으로 1분여간 보여줬었다.

"음마… 이놈아 이거 거짓말하는 거 보소."

"아, 진짜 잘은 못해요. 그땐 그냥 덩실덩실한 거지."

지영이 그렇게 대답하자 앞에서 누가 '그냥 덩실덩실 정도가 아니던데…' 하고 지영의 말을 반박했다. 슬쩍 보니 이수진이었다. 술 몇 잔에 발그레해진 얼굴. 술기운에 나온 말이 분명했다.

이쪽 말을 들었을까?

춤을 추던 조연 배우가 지영의 앞으로 선녀의 날갯짓처럼 다가왔다.

"오우! 유진이 센스 좋다야!"

황정만이 칭찬과 함께 엄지를 척 들자 유진이란 배우가 이쁘게 웃곤 지영에게 손을 내밀었다. 여기서 거절하면 유진의 용기 있는 행동에 먹칠을 하게 되는지라 지영은 어쩔 수 없이 손을 잡고 일어났다.

그러자 삽시간에 주변이 조용해졌다.

천재 배우.

강지영.

그가 춤을 추기 위해 일어났다?

뭐든지, 정말 뭐든지 다 잘하는 강지영이?

이목이 집중될 수밖에 없었다.

무대처럼 꾸며진 숙소의 중간으로 유진은 지영을 안내했다.

'어디…….'

그녀는 먼저 지영에게 생각할 시간을 주려는 건지 가만히 세워놓고 지영을 돌며 춤을 주기 시작했다.

'남무(男舞)?'

'피지 못한 꽃송이여'에서 임은이이자, 지영이 췄던 게 남무였다.

사교무(社交舞)라 할 수 있는 남무의 시작은 꽤 오래전이다. 그리고 일반 대중들보단 기생들 사이에서 유행했던 춤이었다. 춤에 그런 사정이 있기 때문에 지영은 그때 남무를 췄었다. 지영이 췄던 남무는 서로 상배(相背)하되, 서로 안기도 하며 교태를 부리는 게 당연히 특징이었다. 기방에서 추는 춤이었기 때문에 당연히 본래의 남무와는 차이가 있었다.

지영은 일단 기다렸다.

그러자 지영에게 눈웃음을 지은 유진이 춤사위를 바꿨다. 궁중무용 쪽으로 갔다가, 다시 민속무용으로 왔다가, 남무로 돌아갔다. 지영은 이때 움직였다.

"오오……."

"이야……."

유진과 호흡을 맞추는 지영의 남무는 그녀와 비슷한 선을 보이면서도 달랐다. 유진의 춤사위가 사내의 애간장을 녹이듯 간드러지는 선을 보인다면, 지영의 춤사위는 기녀의 한(恨)을 담고 있었다.

이 땅에 태어나 기녀의 삶을 삶았던 여인들이 어디 기녀가 되고 싶어 됐겠나? 웃음을 팔고, 가무를 팔며, 종내에는 몸까지 팔아야 하는 삶을 살고 싶었겠나? 다 삶이 팍팍해서, 그러지 않으면 도저히 입에 풀칠조차 못 하는 가족들이 있어서 발을 들인다. 지영의 춤사위에는 그런 여인들의 한이 담겨 있었다.

내가 비록 이렇게 춤을 추고 있으나, 나는 순결한 여인입니다.

내가 비록 이렇게 웃음을 팔고 있으나, 나는 지조 있는 여인입니다.

내가 비록 이렇게 몸을 팔고 있으나, 나는, 나는…….

이러한 의미가 담긴 춤사위.

"아……."

그걸 알아봤는지, 몇몇 사람들이 감탄을 터뜨렸다. 유진은 웃었다. 예쁜 미소로 지영을 타고 돌았다. 지영도 웃었다. 하지만 웃음은 애달픈 웃음이었다. 서로 상반되는 웃음. 한 사람은 체념하고 이 기녀의 삶을 즐기기 시작했고, 한 사람은 여전히 자신의 처지를 한탄하고 있었다.

서로 대비되는 두 사람.

남무가 절정으로 흘러갔다.

꺄르르…….

간드러진 기녀의 웃음소리가 들리는 것 같은 유진의 춤사위 뒤로, 울 듯 말 듯 한 표정의 지영이 뒤따라갔다.

"허……."

누군가의 탄식 뒤에 지영은 뒤돌아서는 유진에게 눈빛으로 물었다.

'저는 이제 이렇게 살아야 하나요?'

그 눈빛을 유진이 받았다.

'그럼 어쩌겠니. 기녀의 삶이 너의 운명인 것을.'

그 확답에 지영의 얼굴에 안쓰러울 정도의 서러움이 실렸다. 그러나 춤은 계속됐다. 이제 절정의 춤사위, 화려함 가득한 일련의 동작 뒤에 유진이 서러워하는 지영을 안아 다독이며, 남무가 끝났다.

"……."

"……."

그렇게 10분쯤에 걸쳐 춤이 끝났는데도 다들 박수조차 치지 못했다. 그만큼 지영이 보여준 춤이 너무 서러웠고, 그 춤사위에 실려 있던 감정에 제대로 몰입해 있는 상태였다.
타닥타닥.
모닥불 타는 소리만이 장내를 휘감고 있다가 버거웠는지 그마저도 숨을 죽였다. 하지만 정적이란 언제나 깨지는 법…….
"이야……. 괴물이네, 괴물이야……."
어떤 배우의 어이없음 가득한 칭찬에 그제야 박수가 터져나왔다.
"후우……. 즐거웠어요."
같이 합을 맞춘 유진이 손을 척 내밀었다.
땀에 젖은 머리카락 사이로 반짝이는 그녀의 눈동자에 지영도 웃으며 손을 내밀어 악수를 했다.
이렇게 합을 제대로 맞추기란 사실 쉽지 않다.
하지만 유진이 워낙에 실력이 뛰어나서 오랜만에 춤에도 지영을 잘 리드했다. 게다가 눈빛으로 던진 연기도 잘 받아주면서 실제로 공연해도 부족하지 않을 춤판을 벌일 수 있었다. 지영은 그걸로 만족했다.
"다음에 저희 극단이랑 같이 연극 한번 해요. 스페셜로 몇 번만."
"생각해 볼게요."
"후후, 지영 씨 정도의 실력은 우리나라에서도 되게 드물거든요. 같이 춤출 때 너무 즐거웠어요. 그리고 꼭 긍정적으로 생각해 주세요."

"네."

뭐, 면전에서 굳이 거절할 필요 있겠나.

자리로 돌아온 지영은 센스 있게 이수진이 건네준 수건으로 흐르는 땀을 닦았다.

"넌 대체 뭐다냐……?"

황정만의 황당함 가득한 말에 지영은 그냥 웃으며 임수민을 봤다. 둘만은 서로의 정체를 아니 본능적인 시선 맞춤이었다.

"선배님, 여기요!"

후다닥 달려가서 시원한 맥주까지 가져온 이수진에게 고맙다는 인사를 한 지영은 맥주를 따 시원하게 들이켰다.

"그게 어찌 되냐……?"

황정만은 진짜 놀란 것 같았다.

"그냥 뭐, 하하."

"으이가 읍다 야, 우워."

아마 이수진은 이렇게 황당한 감정을 못 느낄 것이다. 왜? 춤사위에 담긴 한을 온전히 느끼지 못했기 때문이다. 하지만 반대로 황정만은 실력과 연륜에 안목까지 다 갖춘 대배우다. 보는 순간부터 그는 지영이 춤에 담은 감정을 정확히 캐치해냈다. 그렇기 때문에 놀란 거다. 인위적으로 만들어낸 게 아닌, 한 서린 기녀의 춤사위, 그 자체였으니 말이다.

상상으로 만들어내 몰입하는 것과 직접 겪은 것의 차이.

황정만 정도 되면 전자를 선택해 연기를 한다고 하더라도 정말 제대로 보여줄 수 있을 것이다. 하지만 감각이 매우 뛰어난 사람이라면 전자와 후자의 미세한 차이를 충분히 알아볼 수 있었다.

"내는 니 끝을 모르겠다. 이번에 다 보여주긴 할 거냐?"

"글쎄요. 그럴 순간이 있다면, 뭐……."

굳이 숨겨 뭐 하겠나.

아껴봐야 똥 된다는 말은 이곳에서도 쓰이는 말이었다.

고개를 절레절레 흔든 황정만이 잔에 조금 담겨 있던 술을 쭉 들이켰다. 지영은 이제 그가 조절 타이밍에 들어갔으니 자리가 끝날 때까지 그리 오래 걸리진 않을 거라 생각했다. 땀이 식자 시원함을 넘어선 차가움이 지영을 찾아왔다. 그래서 모닥불 쪽으로 좀 더 가까이 다가갔다.

그러다 봤다.

불빛 건너편에 있던 서원의 눈빛이 자신에게 고정되어 있음을.

'이런…….'

지영은 서원의 눈빛에 난감함을 금할 수가 없었다. 서원의 지금 눈빛은 지영도 매우 잘 아는 눈빛이었다.

감정을 담아가는 눈빛.

아니, 이미 가득 차버린 눈빛이었다.

소녀에서 여인이 된 서원은 결국 지영을 가슴에 담기 시작했다.

이건 좋은 일이 아니었다.

같은 작품을 하는 도중 한쪽이 먼저 저런 감정을 담기 시작하면 결국은 연기가 삐걱거리게 된다.

서원이 베테랑 배우라면 감정쯤은 컨트롤하겠지만 그녀는 이번이 데뷔작이다. 그래서 연기와 현실을 혼동하는 사태가 올지도 모른다.

이는 지영이 가장 피하고 싶은 상황 중에 단연 세 손가락 안에 들어가는 일이었다. 그래서 작품 중 여배우가 있으면 최대한 조심했었다.

'사람의 마음을 내가 이래라저래라 할 수 있는 건 아니지.'

지영은 능력 있는 남자에게, 혹은 여자에게 이성이 끌리는 건 아주 당연한 자연의 법칙이라는 걸 알고 있었다. 아니, 그걸 지영만큼 뼈저리게 느끼고 있는 사람도 별로 없을 것이다. 아, 한 명 더 있긴 하다.

건너편에서 우아하게 와인을 잡수고 계시는 임수민도 지영만큼 잘 알고 있을 것이다.

"……."

"……."

딱 마주친 시선.

서원은 시선을 피하지 않았다.

오히려 더욱 활활 불타는 눈빛으로 지영을 직시해 왔다.

'아, 이거… 피곤하겠는데.'

속으로 쓴웃음을 지었지만 지금 당장은 별다른 방법이 없었다.

30분쯤 더 지나 술자리가 끝났다.

정리는 내일 하기로 하고 다들 숙소로 돌아갔다. 지영은 가볍게 씻고 바람 좀 쐴 겸 바닷가로 산책을 나갔다.

스으으, 철썩!

스으으, 철썩!

콘크리트 방파제에 부딪치는 파도 소리가 제법 듣기 좋았다. 산책로 중간중간 있는 벤치에 앉은 지영은 촘촘하게 별을 품은 밤하늘을 올려다봤다.

치익.

"후우……."

구름이 달을 스쳐 가는 모습을 보자니 꽤나 정취가 있었다. 10분쯤 여유를 즐기고 있을 때쯤이었다. 부스럭거리는 소리가 들려 시선을 돌려보니 지금 이 순간 가장 마주치고 싶지 않은 여인이 지영에게 걸어오고 있었다.

털썩.

주저 없이 옆자리에 앉는 여인을 애써 무시한 채 밤하늘을 보면서 지영은 입을 열었다.

"왜 안 자고?"

"그냥, 잠이 안 와서. 넌?"

"난 담배 한 대 피우고 자려고."

"흠……."

서원은 낮게 콧소리를 내곤 고개를 숙인 채 발장구를 쳤다. 동동 구르는 그 행동 속에 지영은 수줍음이 숨어 있는 걸 느꼈다.

'아이고…….'

서원은 이제 지영을 동료에서 완벽하게 남자로 바꿔 인식하기 시작했다. 좋은 거 아니냐고? 그래, 솔직히 말해 기분이 나쁘진 않다. 남성의 인격이 완벽하게 자리 잡고 있는 지영인지라, 누가 자신을 좋아해 주면 당연히 기분 좋고, 고맙다.

'그걸 부정하고 싶은 마음은 없어. 하지만…….'

그뿐이다.

지영은 이미 한 여인을 가슴에 듬뿍 담았다.

그래서 다른 여인을 가슴에 담아둘 공간이 없었다.

지영은 담배를 비벼 끄곤 꽁초를 챙겼다.

"그럼 바람 쐬다 가."

"…가게?"

"응, 졸리네, 이제."

"……."

서원의 눈동자에 망설임의 빛이 일순간 스쳐 지나갔다. 그래서 지영은 걸음을 떼는 순간부터, 부디 그녀가 부르지 말기를 바랐다. 만약 부른다면 지영은 어쩔 수 없이 그녀에게 상처가 될 만한 말들을 해줘야 했다.

지영은 정말 그러고 싶지 않았다.

이 착한 아이에게, 이제 친구가 되어가고 있는 서원에게 쓴소리를 하고 싶지 않았다. 마음의 상처를 주고 싶지도 않았다. 그럼 지영의 마음을 느낀 걸까? 서원은 몇 번을 입을 열려다 다물고, 다시 열려다 다물고를 반복하다 결국에는 고개만 푹 숙였다.

잔인한 짓이다.

마음을 전할 순간조차 주지 않는 짓은.

하지만 지영은 이게 현 시점에서는 최선이라고 봤다.

열병의 아픔을 지영도 당연히 안다.

그래서 지영은 그녀가 여기서 아예 마음을 접어줬으면 했다.

숙소로 돌아온 지영은 물로 입을 헹구고 간이침대에 누웠다. 첫날에는 불편했던 침대가 이제는 마치 집에 있는 침대처럼 편안했다.

하지만 역시 몸만 편했지, 마음은 그리 편하지 않았다. 그래서 지영은 폰을 꺼냈다. 시간을 확인해 보니 아직 열두 시가 되기 전이었다.

'자?' 하고 메시지를 보냈더니 10초가 되기 전에 폰이 지잉, 지잉! 울어댔다.

"응, 나야."

—응! 나… 아, 뭐야! 그거 내 대산데!

"그럴 줄 알고 내가 썼지."

—와… 대사 도용! 표절이야, 그거?

"봐주시지? 그래도 니 남잔데?"

—흐흐, 알았어. 이번만 봐줄게. 술자리 다 끝났어?

"응, 좀 전에. 끝나고 지금 침대에 누웠어."

—많이 마셨어? 피곤할 텐데 바로 자지 그랬어.

"목소리 듣고 싶어서."

—…무슨 일 있어?

목소리를 듣고 싶었단 말에 은재는 짧은 침묵 뒤에 무슨 일이 있는지 물어왔다. 지영도 그렇지만 은재의 촉도 역시 장난이 아니었다.

"아니? 별일 없었는데?"

—뭔데, 무슨 일인데 내 남자 목소리를 이렇게 축 처지게

했을까?

따뜻한 온도를 담은 목소리를 들으니, 지영은 가슴에 뭉쳐 있던 불편한 감정의 파편들이 사르르 녹아 없어지는 걸 느꼈다. 이래서 좋다.

별것 아닌 대화로 사람을 이렇게 따뜻하게 만드는 이 매력이 지영은 너무나 좋았다.

"인기 많은 남자의 고충?"

—뭬이야! 누가 내 남자에게 꼬리를 친단 말이더냐!

대답이 떨어지기 무섭게 사극 톤으로 변한 은재의 앙칼지지만, 집이라 숨죽인 외침에 지영은 또 피식 웃고 말았다. 지영의 웃음소리를 들었는지 건너편에서도 흐흐, 하고 웃는 소리가 들려왔다.

특유의 그 웃음소리조차 지영에겐 위안이 됐다.

—내 남자, 지쳤어?

"응? 아니, 그런 건 아니야. 이 정도로 지칠 정도로 내가 나약한 인간은 아니잖아?"

—그렇지. 내 남자는 누구보다 강하지. 근데 오늘따라 왜 이리 힘이 없으실까?

"내가 지금 그래?"

—응. 니 여자 유은재가 느끼기엔 그런데?

"흠……."

지쳤다고?

내가?

천하의 강지영이?

잔학한 테러리스트들의 소굴에서도 이 악물고 버텨 살아나온 강지영이?

하지만 그럴 가능성도 있었다. 강지영은 환생자이지만, 인간이기도 하니까 말이다. 그에게도 '한계'는 분명히 존재했다.

—내가 또 갈까? 예쁜 은재 얼굴 보면 힘 날 거 아냐.

"하하하."

유쾌한 웃음을 지영이 터뜨리자 은재도 또 호호호, 하고 웃었다. 이런 유쾌함이 지영은 너무 좋았다.

—내일 쉬는 날이지? 점심쯤 갈까?

"그럴래?"

—선정 이모한테 말해서 갈 수 있으면 갈게. 아버님이랑 어머님은 바쁘셔서 아마 같이 못 갈 거야.

"아아, 들었어."

대형 사고가 터졌다.

연일 텔레비전으로 떠드는 얘기들을 들어보면 뭐, 흔히 있는 일이었다. 하지만 연루되어 있는 대상자가 국내 10위권 대그룹 회장과 4선 국회의원 셋이다. 이것저것 받고, 특혜니 뭐니 무슨 고구처럼 사건이 터져 나오는 중이었다. 그리고 그 국회의원들이 공동으로 운용했던 복지 재단까지 걸리면서 당연히 강상만과 임미정은 엄청 바빴다.

강상만은 총장임에도 수사 지휘로 인해 바빴고, 임미정은 재단을 다시 한번 점검하느라 바빴다.

—점심 배로 들어갔다가, 다음 날 점심 배로 나올게. 그러면 되겠지?

"숙소는?"

—수민 언니 방에서 자면 돼.

"혹시 모르니까 연락 먼저 해봐."

—응응. 흐흐, 기대된다.

"나도."

—흐흐흐.

둘이 그렇게 실없이 웃다가 이런저런 얘기를 10분쯤 더 하고는 끊었다. 전화를 끊은 지영은 잠시 내일 은재를 만날 생각에 행복해하다가, 잠에 빠져들었다.

*　　　*　　　*

비가 왔다.

부슬부슬 내리는 여우비가 아침부터 천장을 두드리는 바람에 지영은 잠에서 일찍 깼다. 패딩을 챙겨 입고 밖으로 나오자 황정만이 낑낑거리면서 천막을 치고 있었다. 그걸 본 지영은 눈곱도 못 떼고 바로 그를 도우러 갔다.

"잠은 잘 잤냐?"

"네. 형님은요?"

"간만에 꿀 잠잤다야, 흐하하."

둘이서 텐트를 펼쳐 치는 데 걸린 시간은 고작 10분 남짓이었다. 바닥에 단단히 고정까지 시키는 데 5분쯤 더 시간을 들였다. 그가 불을 다시 살리는 동안 지영은 수건을 가지고 나와 의자의 물기를 닦았다.

불을 살린 황정만은 주전자에 물을 담아 가져와 다시 타닥타닥 존재감을 내뿜고 있는 불 위에 걸었다.

"짜은."

짠도 아니고 짜은.

이제는 익숙해서 실소도 나오지 않은 지영은 그가 내민 커피를 받았다.

"이럴 땐 또 믹스커피 아니겄냐. 니는 이거 마시냐? 막 원두 볶고, 갈고 그런 것만 좋아하는 거 아니냐?"

"없어 못 먹죠."

"흐흐, 니가 없어 못 먹은 게 있긴 허냐?"

"그럼요?"

못 먹은 적?

아사한 적도 있는 지영이다.

대기근이 대륙을 휩쓸었을 때, 사람이 사람을 먹을 때, 지영은 그 당시 그냥 굶어 죽는 걸 택했다. 어차피 다시 환생하니 악착같이 살 이유도 없었던 게 아사의 이유였지만, 어쨌든 그런 적이 한두 번이 아니었다.

그러나 그걸 알 리가 없는 황정만이니 굳이 설명해 줄 필요는 없었다.

"아따야… 분위기 죽인다, 죽여."

"그러게요."

아침부터 내리는 여우비는 확실히 지켜보는 맛이 있었다.

천막 위를 투둑투둑 때리는 소리도 매우 듣기 좋았다.

"오늘은 뭐 할 거냐?"

"이따 은재 온다고 해서 같이 시간 보내려고요."

"음마, 은재 아씨 온다냐?"

"하하, 아씨까진 아니죠."

"아니기는? 대감집 아씨 아녀, 대감집."

황정만의 대답에 지영은 그렇게 생각하면 또 틀린 말은 아닌지라 더 이상 뭐라 말은 못 했다.

"거시기 데이트에 낄 수는 없겄고, 저녁이나 같이 먹어야."

"네, 그럴게요."

은재도 사람과 어울리는 걸 좋아하니 같이 먹는 것도 나쁘진 않을 것 같았다. 그리고 어차피 섬이라 둘이 따로 먹을 만한 곳도 없었다. 둘이 30분쯤 더 얘기를 나누다 보니 사람들이 일어나 하나둘씩 밖으로 나왔다.

아직도 내리는 비에 스태프들은 흠칫했다가 오늘 촬영이 없는 걸 깨닫고는 안도의 한숨들을 쉬었다. 한두 사람도 아니고 여러 사람이 그러는 걸 보고 있자니 그것도 제법 웃겼다. 8시가 좀 넘어 아침을 차려 먹은 지영은 가볍게 땀을 빼기 위해 산 정상을 한 번 올라갔다 내려왔다. 1시간쯤 걸리는 산 타기를 끝내고 씻은 지영은 좀 쉬다가 2시쯤 항구로 나갔다.

시간은 기가 막히게 맞추는 유람선이 '부우……! 부우……!' 하고 기적 소리를 내며 딱 항구에 막 정박하고 있었다.

은재는 가장 늦게 내렸다.

두툼한 패딩에 목도리, 모자를 쓴 은재를 지영은 당연히 단번에 알아봤다. 휠체어를 타고 내렸으니 못 알아보는 게 이상한 일이었다.

그녀는 유선정을 포함한 항상 집 근처에서 대기하는 여성 경호원들과 함께 내렸다. 다들 편한 복장 차림이었고, 유선정이 눈빛으로 신호를 주자 삼삼오오 흩어졌다.

"흐흐."

인사보다도 흐흐, 하고 먼저 웃는 은재. 그러곤 양팔을 활짝 벌렸다. 안아달라는 뜻이었다. 지영은 그런 은재를 가볍게 안아줬다.

"흐음, 내 남자 냄새. 흐흐."

"뱃멀미는 안 했어?"

"응, 약 먹고. 귀밑에! 이것도 붙였지!"

"잘했어. 좀 걸을까?"

"응!"

활짝 웃으며 나온 대답에 지영은 유선정 대신 뒤로 가서 휠체어를 밀기 시작했다. 지영은 섬 주변의 방파제 쪽으로 걸었다.

철썩! 철썩!

"흐음… 하아, 아 바다 냄새."

방파제를 향해 천천히 걷고 있는데 마침 비가 그치고, 무지개가 뜨기 시작했다. 두 사람의 앞날을 축복해 주는 것 같은 무지개였다.

"이쁘다……."

무지개를 처음 보는 건 아마 아닐 것이다. 하지만 집 안에만 있다 보니 이런 밖의 풍경은 사소한 것들이라 그녀에게 의미가 있었다.

철썩! 철썩!

양쪽에서 몰려오는 파도가 뺨을 때리는 등대 앞까지 간 지영은 은재의 휠체어 바퀴를 고정시키고 그녀를 앉아 벤치로 옮겼다.

쪽.

안아 들기 무섭게 볼에 뽀뽀하는 은재. 요즘은 스킨십을 꽤 자주 하는 은재였다.

"지영아."

"응?"

"보고 싶었어."

훅 들어오는 몸 쪽 꽉 찬 돌직구!

하지만 지영은 직구를 방망이로 잘 때렸다.

"나도."

가볍지만 진심이 담긴 대답인 걸 아는 은재는 씩 웃었다.

새하얀 치열이 햇빛에 반사됐다. 그녀의 미소는 태양보다도 따뜻하다는 생각을 할 때쯤, 은재가 다시 말을 이었다.

"촬영은 어때?"

"잘되고 있지."

"뭐 문제는 없고?"

"응."

"흐흐, 다행이다. 그래서 누구야?"

"어?"

뜬금없이 갑자기 누구냐고 묻는 말에 지영은 잠시 말문이 막혔다. 그러다 이내 피식 웃었다. 촬영은 어떠냐고 물은 건 아마 이 질문을 기습적으로 하기 위해 전부터 생각하고 있던 게 분명했다.

“누가 내 남자한테 꼬리친 거야? 흐흐.”

웃음을 보니 은재는 화난 게 아니었다. 그저 오랜만에 만난 지영에게 장난을 치고 있을 뿐이었다.

“있어. 그런 사람이.”

“뭐야. 말 안 해주는 거야?”

“응. 니가 해코지할까 봐 무서워서 말 못 해주겠는데?”

“야야, 안 그럴 거거든? 나를 뭘로 보고!”

“질투에 불타는 유은재 양으로?”

“호오. 날 그렇게 본단 말이지? 흐음……. 저분들 중 한 분?”

은재의 손가락의 지영의 뒤를 가리켰다. 지영은 당연히 그 손가락을 따라 시선을 옮겼다. 손가락의 끝에는 이수진과 서원이 보였고, 둘은 지영을 향해 똑바로 걸어오고 있었다.

Chapter72

심장병III

하아, 한숨이 나오려는 걸 참은 지영에게 은재가 씩 웃으며 물었다.

"저 둘 중에 한 분 맞지?"

"응. 예의 없는 사람들은 아니니까 크게 걱정할 필욘 없어."

"흐흐, 알겠어."

은재는 오히려 재밌다는 표정이었다.

그래서 싱글싱글한 눈빛으로 다가오는 두 사람을 바라보기 시작했다. 도란도란 얘기를 나누면서 이수진과 서원이 지영의 앞에 도착했다.

"안녕하세요? 서원이라고 합니다."

"저는 이수진이에요!"

차분한 서원의 인사. 그리고 이수진의 톡톡 튀는 인사에 은재는 씩 웃었다.

"네, 안녕하세요. 유은잽니다."

"은재 작가님 맞이시죠? 솔! 솔의 유은재 작가님!"

"네, 제가 맞아요. 읽어보셨어요?"

"네! 히잉, 솔이 너무 불쌍해요……."

감수성 풍부한 이수진의 말에 은재는 또 씩 웃었다.

"고마워요. 실례지만 나이가……?"

"저 아직 고등학생이에요! 언니, 말씀 편하게 해주세요!"

벌써 언니라고 부르는 이수진의 붙임성에 은재도 편한 얼굴로 고개를 끄덕였다.

"그래, 그래주면 나야 고맙지. 흐흐."

그러곤 벌써 트레이드마크라 할 수 있는 흐흐 웃음을 보여줬다. 은재의 시선이 이번엔 서원에게 넘어갔다. 서원은 은재를 담담한 눈빛으로 보고 있었다. 입가에는 옅은 미소도 짓고 있었다.

지영은 서원이 은재를 진심으로 반가워하고 있다는 걸 알 수 있었다. 본래 이런 상황이라면 남자 친구인 지영이 좀 경계를 해야 하지만, 지영이 아는 은재는 그렇게 경우 없는 여자가 아니었다.

오히려 그 반대에 가까운 사람이 서원이었다.

"이번 영화 주인공이시죠?"

"아… 네, 그렇게 됐어요. 여기 지영이가 좋게 봐줘서……."

"아니요. 천재 배우를 봤다면서 막 흥분해서 얘기하고 그랬는데요?"

"아……."

지영을 힐끔 본 다음 쑥스럽다는 듯이 볼을 붉힌 서원을 보고 은재는 다시 재밌다는 표정으로 호호 웃었다. 그다음 톡톡 자신의 옆을 두드렸다.

"두 사람 서 있지 말고 여기 앉아요. 지영아."

"응?"

"나 목말라."

피식.

적당히 비켜달란 뜻이었다.

고개를 끄덕인 지영은 뒤돌아 걸었다.

서원도 그렇고, 은재도 그렇고 사고를 칠 성격들은 아니었다. 만약 그랬다면 저렇게 같은 공간에 두는 걸 절대로 방조하지 않았을 것이다. 도로까지 걸어 나온 지영은 편의점도 아닌 슈퍼에서 음료수 하나를 샀다. 나이 지긋하신 할머님이 주름이 자글자글한 손으로 거슬러 주는 동전을 받자 기분이 묘했다.

흘흘, 바람 빠진 웃음소리도 그랬다.

묘하면서도 정이 듬뿍 담긴 웃음소리였다.

“배우신감?”

“네, 할머님.”

“흘흘, 당신들 덕분에 섬이 활기도 챘고, 고마우이.”

“별말씀을요. 저희 때문에 불편하신 점은 없으세요?”

“그런 게 뭐가 있겠나? 오랜만에 다들 즐거워한다우.”

할머님이 뭍에서, 그것도 서울에서 오래 계셨는지 아래 지방 사투리를 의도적으로 쓰는 것처럼 보일 정도로 말투가 깔끔했다.

“이건 요깃거리로 하나 가지고 가슈.”

“감사합니다. 잘 먹을게요.”

초콜릿 바도 하나 받은 지영은 나와 근처 벤치에 앉았다.

더 멀리 이수진이 일어나서 뭔가를 막 허둥지둥 대며 설명하고 있는 게 보였다. 은재는 그런 이수진의 모습을 서원과 함께 웃으면서 보고 있었다. 거리가 상당해 표정은 잘 보이지 않았지만 딱 봐도 즐거워하는 것 같았다.

그래서 안심이 됐다.

“오셨어요?”

고개를 슬쩍 숙이며 다가오는 정순철에게 지영은 인사를 하곤 옆자리를 권했다.

"좀 지루하시죠?"

"하하, 지루하긴요? 요즘 이 아름다운 풍경에 아주 푹 빠져 사는 중입니다, 하하."

설마, 그럴 리가 있을까?

지영을 지키기 위해 이곳에 있는 정순철이 풍경에 빠져 산다는 건 정말 말도 안 되는 일이었다.

지영은 음료수를 한 모금 마시고 자세를 바로 했다.

정순철이 굳이 모습을 드러내고 찾아왔다는 것은 지영에게 전할 내용이 있다는 뜻이었다. 힐끔. 지영은 자신을 급히 찾아왔지만 정순철 때문에 대기하고 있는 김지혜까지 확인했다.

"하아……."

한숨이 그냥 말릴 새도 없이 튀어나왔다.

둘이 동시에 찾아왔다는 사실에서 지영은 그 어떤 기대감도 생기지 않았다.

"무슨 일인가요?"

흠흠.

정순철은 지영의 질문에 목을 다듬은 이후에야 말문을 열었다.

"회사 정보 팀에서 인터폴 적색 등급 히트 맨 둘의 입국을 확인했습니다."

"……."

하아.

역시 좋은 소식은 아니었다.

"위조 여권과 변장을 하고 인천공항을 통해 들어왔는데 죄송하게도 흔적을 놓쳤습니다."

"언제 들어왔나요?"

"오늘 아침 열 시경 심사대를 통과했습니다."

능력이 없어서?

그건 아니다.

공항에서 잡혔으면 적색 등급으로 분류되지도 않았을 것이다. 그리고 그냥 몸만 달랑 들어온 것도 아닐 것이다. 분명 많은 준비를 했을 거고, 국내에서 도와주는 조직도 있을 게 분명했다.

"제가 표적일까요?"

"확실치는 않습니다. 요즘 정치권이 너무 시끄러워 혹시 그쪽에 의뢰가 들어갔을 수도 있습니다."

"흠……."

스캔들에 위한 암살 보복?

영화에서만 일어나는 일이라고?

설마……. 세상은 그렇게 아름답지 않다는 걸 지영은 잘 안다. 그건 지영이 당했던 일을 보면 충분히 공감이 가능할 것이다.

"근데 그런 민감한 얘기를 제게 해도 되는 건가요?"

"당사자 아니십니까. 코드 원이 이미 예전에 내린 지시입니다. 당사자만큼은 돌아가는 판을 알아야 한다고."

"네, 후우……. 그래서 이제 저는 어떻게 하면 됩니까? 영화 촬영도 중단해야 하나요?"

"음… 솔직하게 말씀드리겠습니다. 회사 상부의 의견은 최소한 히트 맨의 목적을 알기 전까지는 지영 씨가 섬에 남아주길 바라고 있습니다."

"섬에서 촬영이 이제 다 끝나가는데……. 후우."

은재가 오면서 기분이 급상승했는데, 정순철과 김지혜가 찾아오면서 다시 수직 하락 했다. 이놈에 인생 참 버라이어티하고, 롤러코스터 같단 생각이 들었다. 지영은 이걸 어찌해야 하나 고민했다.

지잉, 지잉.

정순철의 주머니에서 익숙한 진동이 들렸다.

"네, 정순철입니다. 네, 네? 아 서울로 나온 게 아니라 바로 일본으로 건너간 겁니까? 확실한 거죠? 네네, 알겠습니다. 그렇게 전달하겠습니다. 네, 고생하십시오."

뚝.

지영은 뭔 소린가 싶어 그를 바라봤다.

"영상 확인 결과 서울로 들어온 건 아니고, 한 시간 전쯤 일본으로 들어갔답니다. 아무래도 인천공항을 허브로 쓴 것 같습니다."

"그거 참 다행이네요."

인천공항을 허브로 쓴다?

뭐, 그거야 히트 맨 마음이니 그렇다 치기로 했다.

"그럼 위협은 사라진 건가요?"

"영상 확인 결과 확실하다니까 마음 놓으셔도 될 것 같습니다. 이거 참, 조금 더 기다릴 걸 괜히 바로 와서 걱정만 끼쳤습니다, 하하."

"아니요. 괜찮아요. 이런 일 있으면 언제고 말씀주세요."

아마 은재랑 잠시 떨어진 지금 후딱 얘기를 전달하고 갈 생각이었을 것이다. 그러니 정순철의 사과는 정당치 않았다.

"근데 이번에 일본으로 갔다는 두 명의 히트 맨… 닉네임을 알 수 있을까요?"

"음… 죄송합니다, 하하."

아시아에서 활동하니 알아둬서 나쁠 게 없다고 생각해 나온 질문이었고, 사실 답을 받을 수 있을 거란 생각도 안 했다. 그리고 역시나 정순철은 답을 해주지 않았다. 뭐, 이런 부분이야 지영은 이해할 수 있었다.

"그럼 저는 다시 물러가겠습니다."

"네, 얘기해 줘서 고마웠습니다."

"하하, 별말씀을. 그럼 즐거운 시간 보내십시오."

정순철이 일어나 사라지자 차에서 대기 중이던 김지혜가 바로 다가왔다. 참 대단하다고 생각했다. 회사에서 극비리에 알아낸 걸 부뚜막도 거의 동시간대에 알아냈다. 아마 시간 차이는 거의 없다고 봐도 될 것 같았다.

'차이가 났으면 둘이 같이 왔을 리가 없지.'

옆에 털썩 앉은 김지혜는 그냥 쪽지를 내밀었다.

지영이 그 쪽지를 펴 보자 내용은 정순철에게 들은 것과 똑같은 것에 몇 마디 첨언이 붙어 있었다.

오전 10시 히트 맨 입국, 12시 일본 출국.

인터폴 적색 등급. 시크릿 레이디. 마타 하리.

딱 이렇게만 적혀 있었다.

앞에 적힌 거야 정순철에게 들었다. 하지만 뒤에 단어들은? 지영이 정순철에게 물었지만 얘기해 주지 않았던 히트 맨들의 닉네임이었다. 그런데 어째 닉네임이… 묘했다.

"여성 킬러?"

"네. 지금까지 최소 서른 이상의 세계 정재계 인사를 암살한 히트 맨들입니다."

피식.

이번엔 여자다.

왜 여자가 왔을까?

전투 능력은 육체의 한계 때문에 어쩔 수 없이 남자에게 뒤떨어지는데 말이다. 이유야 명확했다. 남자는 불가능한 작전들을 쓸 수 있기 때문이었다. 그리고 지영은 그게 뭔지 아주 잘 알았다.

미인계.

그게 뭔지 너무나 잘 아는 이유는 당연히 전생에서 역으로 지영이 써보기도 했던 것들이기 때문이었다.

지영은 이쯤에서 마지막 확인을 해보고 잠시 일어난 해프닝에선 관심을 끄기로 했다.

"확실한 거죠?"

"네, 좀 전에 나리타에서 나오는 걸 현지 정보원 확인했다는 연락까지 왔어요."

"고마워요."

"별말을요. 이런 일 하려고 지영 씨 옆에 있는 건데요. 그럼 저는."

김지혜는 그렇게 딱 용건만 건네고는 바로 차로 돌아갔다. 돌아가는 그녀의 뒷모습을 보며 부뚜막에 의뢰를 하길 참 잘했다는 생각이 들었다. 국가적인 지원을 받는 회사와 몇 분 차이 안 날 정도로 정보 취득 능력이 탁월한 집단이었다.

"지영아!"

"강지영!"

셋이 얘기 중이던 은재가 지영을 불렀다.

지영이 고개를 돌려보자 은재가 다시 '물! 나 물 좀 가져다 줘!' 하고 크게 소리를 질렀다. 지영은 그런 은재의 모습에 피식 웃음이 나왔다.

그냥 폰으로 연락하면 될 일을 굳이 저렇게 소리친 이유를 알 것 같았기 때문이다. 손을 들어 알겠다고 한 지영은 아까 주스를 샀던 슈퍼에 가서 물 세 개를 사서는 바로 은재에게 갔다.

서원, 이수진. 그리고 유은재. 이렇게 셋은 마음이 잘 맞는지 가는 내내 웃음이 끊이지를 않았다.

"뭐가 그리 재밌어?"

"응? 흐흐. 원래 여자 셋이 모이면 천장에 지붕이 뚫리는 법이거든!"

"내 욕했지?"

"어……? 어떻게 알았어?"

"척하면 척이지. 자, 여기 물."

셋에게 물을 나눠 준 지영은 적당히 떨어져 세 사람을 바라봤다. 꽃다운 여인들이다. 그리고 그중 한 사람은 일생을 같이할 연인이다.

"오빠! 밥 사주세요!"

"응?"

이수진이 물을 마시고 선언하듯 던진 말에 지영은 눈을 동그랗게 떴다. 뜬금없이 웬 밥? 하는 생각을 지영이 할 때쯤 은재의 목소리가 날아왔다.

"뭐 해? 대답 안 해주고?"

그 말에 지영은 정신을 차리곤 이수진을 보며 말을 이었다.

"지금?"

"아니요! 서울 가서! 저 은재 언니 책 샀는데 그거 사인 받으면서, 밥도 사주기로 하셨어요!"

"그래? 알았어. 시간 맞춰서 저녁 한번 먹자."

"네! 아싸!"

이수진은 손을 들고 환호를 내질렀다.

그렇게 좋은가?

여기서도 몇 번이나 저녁을 같이 먹었고, 심지어 어제는 술도 같이 마셨는데?

지영은 이수진이 저리 좋아하는 이유가 은재 때문이란 걸 깨달았다. 뭐, 은재에게도 저런 동생 한 명 있는 건 나쁘지 않을 것 같았다.

특히 이수진처럼 밝고, 뭐든 열심인 아이라면 말이다.

하지만 그와는 대조적으로 서원은 어두운 얼굴로 지영을 보고 있었다. 그녀의 얼굴이 어두운 이유, 지영은 너무 잘 알고 있었다. 그러나 같이 먹자는 말을 꺼내줄 순 없었다. 그리고 이번엔 은재도 그냥 조용히 웃을 뿐, 침묵으로 일관했다.

유은재. 내 남자 단속은 아주 확실한 여자였다.

* * *

드르륵!

4교시 시작 전 한창 떠들던 아이들의 시선이 갑작스럽게 열린 문으로 향했다.

"어, 수호야!"

문을 열고 들어서는 수호를 보고 아이들이 자리에서 일어나 다가갔다. 아직 낯빛이 창백한 수호는 그런 친구들의 반응에 애써 웃었다.

지끈거리는 통증이 울렸지만, 최대한 티를 내지 않으려고 버텼다.

"몸은 괜찮아?"

미소가 들뜬 얼굴로 묻자 수호는 고개를 끄덕였다.

"많이 좋아졌어."

웃으며 나온 수호의 말에 아이들은 근황과 함께 걱정을 한 다발 전해주고는 다시 자리로 가서 앉았다.

의자를 꺼내 자기 자리에 앉는 수호.

먼지가 쌓여 있을 거라는 생각과는 다르게 책상은 깨끗했다. 마치 누군가가 매일 닦아놓은 것처럼 말이다.

"안녕?"

"응, 안녕."

생각보다 쌀쌀맞은 소희의 인사에 수호는 잠시 고개를 갸웃했지만, 그냥 오늘 기분이 안 좋은가 보다 생각하고는 수업 준비를 했다.

1교시, 수학 시간.

수호가 제법 좋아하는 시간이었다.

종이 치고 얼마 뒤에 담당 선생님이 들어오자 소란스럽던 교실은 차분하게 가라앉아 갔다.

수업이 시작됐다.

오랜만의 수업이고, 얼마 안 남은 수업이라 그런지 수호는 기분이 묘했다.

사실 예상하고 있었다.

수술이 끝나고 나서도 가슴을 옥죄는 통증이 느껴졌을 때부터 수호는 예감하고 있었다.

'아… 수술이 잘못됐구나.'

일하느라 숙식을 거의 밖에서 해결하는 아버지를 조르고 졸라 이 섬의 학교에 온 것도 그런 이유 때문이었다. 수술 또한 잘못됐으니 수호는 최소한 제 나이 또래의 아이들이라면 전부 간직하고 있을 학창 시절을 경험하고 싶었다. 아니, 자기도 가지고 싶었다. 최대한 많은 기억을, 많은 추억을 간직하고 싶었다.

그래서 오늘도 말리는 아주머니를 뿌리치고는 학교에 나왔다.

몸 상태?

괜찮은 거 아니냐고……?

지끈…….

최악이었다.

언제 터질지 모르는 화약고처럼 심장은 수호에게 격렬하게 경고하고 있었다.

조심해라.

터진다.

이번에 터지면… 끝장이다.

이렇게 경고하고 있었지만 수호는 몰래 약을 입으로 털어 넣는 걸로 그 경고를 무시했다.

'얼마 남지 않았으니까…….'

수호는 평소 보던 칠판이 아닌, 아이들을 쭈욱 돌아봤다. 쉬는 시간엔 그렇게 천진난만하게 얘기하고 놀면서, 수업이 시작되면 또 저렇게 진지한 얼굴들이 되는 아이들.

수호는 이 학교로, 이 반으로 전학 오기를 정말 잘했다고 생각했다.

오래토록 이 광경을 담고 싶었다.

그러나 그게 불가능한 걸 알기에 자연히 입가엔 처연한 미소가 지어졌다.

툭툭.

소희가 팔뚝을 툭툭 쳐서 수호는 그녀에게 고개를 돌렸다.

왜?

눈으로 그렇게 묻자 그녀는 공책을 스윽 내밀었다.

왜 그런 불쌍한 눈이야?

공책에 담겨 있는 글자를 확인한 수호는 다시 소희를 바라봤다. 전에 봤을 때와는 완전히 다른, 차갑게 굳은 눈빛이었다. 아랫입술을 꾸욱 깨물고 있어서 수호는 그녀가 화가 났음을 알 수 있었다.

왜 화가 났지?

그런 의문이 들 때쯤 소희는 다시 공책을 가져가서 빠르게 글자를 적어 내려갔다. 그러곤 다시 내밀었다. 수호의 시선은 본능적으로 공책으로 끌려갔다.

내 동생이 받았어야 할 심장을 가로채 갔으면, 보란 듯이 건강해야지.

그 글자를 읽어가는 동안 수호의 입이 저절로 벌어졌다.

"아……."

그리고 다 읽었을 땐 탄식이 흘러나왔다.

동생이 받았어야 할 심장.

수호는 그 말이 무슨 뜻인지 정확히 이해했다.

그래서 너무 놀란 눈으로 소희를 바라봤고, 입술을 질끈 깨물고 자신을 노려보고 있는 소희를 마주해야 했다. 그리고 타이밍이 아주 기가 막히게 수업 끝을 알리는 벨이 울렸다.

"따라와."

"…응."

점심시간이다.

하지만 두 사람 다 밥 생각이 있을 리가 없었다.

"어? 두 사람 어디……."

딱딱하게 굳은 소희와 수호의 얼굴을 본 미소는 말을 끝까지 내뱉지 못하고 들어 올렸던 손을 내려야 했다. 쌩! 소리가 날 정도로 자신을 스쳐 지나간 소희 때문에 미소는 잠시 고민했다.

하지만 곧 두 사람을 따라서 얼른 교실 밖으로 나갔다.

두 사람은 급식소가 아닌 건물 뒤 교정으로 향했다.

멀리서 고개만 내밀고 미소가 두 사람을 훔쳐보기 시작했을 때, 벤치에 앉아 있던 소희가 입을 열었다.

"어디서부터 얘기를 해야 할까……?"

그렇게 운을 뗀 소희가 천천히, 하나씩 설명을 시작했다. 목소리는 매우 차분했다. 하지만 눈빛에는 원망이 그득했다. 그런 목소리와 눈빛으로 이어진 설명을 들을 때마다 수호는 욱신거리는 가슴을 부여잡아야 했다.

"그래서… 궁금했어. 내 동생이 받아야 할 심장을 가진 너는 과연 어떻게 살고 있을까. 웃고 있을까? 해맑게? 새 삶을 살아서 좋다며? 그게 너무 궁금했어. 그래서… 이 학교까지 왔어."

"……."

수호는 소희의 말에 아무런 대답도 할 수 없었다.

수술?

솔직하게 말하자면 그 수술에 자신이 힘을 쓴 건 하나도 없었다. 전부 다 아버지가 힘을 써서, 순번을 앞당긴 거다. 하지만 그렇다고 자신에게 죄가 없는 걸까?

'아무것도 몰랐다고 죄가 없을까?'

이 순간 수호의 가슴을 파고든 의문이었다.

순수한 의문이었지만, 너무나 뼈아픈 의문이기도 했다.

"그랬으면… 건강했어야지? 응? 왜! 왜 이렇게 또 아픈 건데!"

앙칼진 소희의 목소리가 수호의 가슴으로 파고들었다.

그렁그렁한 소희의 눈물을 보면서 수호는 가슴이 뻐근해짐을 느꼈다.

"그렇게 아플 거였으면! 왜 내 동생이 죽어야 했던 건데!"

"미안……."

"미… 안이라고?"

왜?

왜 사과하는 건데……?

"사과하지 마……!"

쩌렁!

교정을 찢듯이 울린 그 말에 수호는 가슴을 부여잡았다.

씩씩거리는 소희, 수호는 그런 소희에게서 한 걸음 물러났다.

아팠다.

수호는 소희의 눈빛이 너무 아팠다.

특히 가슴에 담기기 시작한 소희라서, 생에 처음으로 누군가를 담은 수호라서 더더욱 아팠다.

욱신.

"아……."

심장의 격통이 조금씩 더 심해졌다.

수호는 본능적으로 주머니에 손을 집어넣었다. 약을 찾기 위해서였다. 지금의 격통은 위험했다. 터지기 일보 직전의 활화산이나 다름이 없는 상태까지 와 있는 상태라 더더욱 위험했다.

덜덜…….

손끝이 덜덜 떨렸다.

욱신!

"아으……."

수호의 얼굴이 팍 일그러졌다.

두 번째 덮친 통증에 숨이 확 흐트러졌다.

"어……?"

그제야 소희는 수호의 상태가 심상치 않음을 깨달았는지 놀란 눈으로 다가왔다. 순수한 아이다. 수호가 미우면서, 또 이렇게 걱정하는 눈빛을 해준다. 그게 정말 고맙긴 하지만…….

'내가 저 걱정을 받을 자격이 있을까?'

그런 생각이 들어 수호는 한 걸음 뒤로 더 물러났다.

그리고 세상이 핑 돌았다.

"아……."

휘청거리다가 쓰러지는 수호를 소희가 급히 받았다.

소희는 엉겁결에 수호를 받았지만 아무것도 하지 못했다. 너무 놀랐기 때문이다.

왜? 왜 쓰러졌지?

내가 소리쳐서?

하는 생각이 죄책감에 버무려져 드는 순간이었다.

"수호야!"

뒤에서 들려온 목소리에 소희는 깜짝 놀라 고개를 돌렸다. 미소였다. 학급 반장인 미소가 깜짝 놀란 얼굴로 달려오고 있었다.

와락!

"아야……."

미소는 달려와 소희를 밀쳐내고는 수호를 대신 안았다.

"수호야! 수호야, 정신 차려봐! 야, 정수호!"

"미소……."

휙!

소희가 미소의 어깨를 잡는 순간, 미소는 그런 그녀의 손길을 뿌리치곤 앙칼지게 째려봤다.

물론, 눈물을 그렁그렁 매단 채였다.

"너… 너 때문에……."

"……."

아니, 아닌데…….

소희는 미소의 말에 고개를 흔들며 부정했다.

나도, 나도… 피해잔데.

*　　　*　　　*

"컷! 오케이! 수진이 눈빛 죽였다!"

컷 사인과 함께 나온 이민정 감독의 외침에 서원과 이수진은 '후아…' 큰 한숨과 함께 배역에서 빠져나오기 시작했다.

"영차……."

서원이 바닥을 짚고 일어나 옷을 정리했고, 지영도 일어나 옷을 정리했다.

"잘했다. 고생했어."

"고생하셨습니다, 선배님!"

지영의 칭찬에 이수진이 꾸벅 고개를 숙여 인사했다. 서원도 마주 고개를 숙였다. 이로써 섬에서 찍을 중요한 신은 전부 끝났다.

이제 회상 신에 쓰일 배경만 몇 커트 더 따면 지영은 섬 촬영이 아예 끝난다. 반대로 서원과 이수진은 교실 신이 몇 개 더 남아 있어 이틀 정도는 더 있어야 했다.

"고생했어. 바로 서울로 가?"

서원의 물음에 지영은 고개를 저었다.

"정만 형님이랑 수민 누나 신 좀 보고 내일 나갈 거야."

"그래? 아쉽다."

"아쉽기는. 병원 신에서 또 볼 건데, 뭐."

"그렇긴 하지만… 어쨌든 그렇단 거야."

뭐가 어쨌든 그렇다는 건지는 잘 모르겠지만 지영은 그냥 웃음으로 답을 대답했다. 그러곤 이민정 감독에게 다가가 항상 이 타이밍에 하는 질문을 했다.

"어때요?"

"애들이 완전 물이 올랐어요. 특히 수진이는 놀라울 정도네요."

지영의 연기력이야 뭐, 이제는 전 세계가 인정할 정도로 완벽했다. 너무 완벽해서 오히려 이질적으로 느껴질 정도였다. 그래서 사실 이민정 감독은 그런 지영의 연기력에 주조연 배우들이 빛바래 보이면 어쩌나 걱정했었다.

특히 이수진의 역할이 그랬다.

처음엔 그리 크지 않은 역이었고, 감정만 언뜻 내비치는 정도로 생각했지만 이수진의 태도와 성장을 보곤 임수정과 함께 그녀의 신을 대폭 늘렸다. 그 결과, 매우 흡족한 신들이 연달아서 나오고 있었다.

카메라를 다시 돌리자 어느새 다가온 서원, 이수진과 함께 신을 확인한 지영은 만족스럽게 고개를 끄덕였다. 이민정 감독이나 임수정 작가, 그리고 지영이 원했던 그림이 아주 잘 표현되어 있었다.

특히 지영의 안색은 창백하기 그지없어 곧 쓰러져도 이상할 게 하나도 없는, 딱 그런 상태로 표현이 됐다.

"지영 씨."

"네?"

"혹시 진짜 아픈 건 아니죠?"

이민정의 장난스러운 질문에 지영은 그냥 피식 웃는 걸로 대답을 대신하고는 상체를 폈다. 이걸로 자신의 신은 끝났다. 두어 번에 걸쳐 찍은 신은 완벽했다. 더 이상 찍는 건 필름 낭비였다.

"오케이! 다음 신 준비해요!"

이민정 감독의 최종 오케이 사인에 장비들이 우르르 철수를 시작했다. 지영은 메이크업을 지우고는 다음 신 촬영이 있을 곳으로 이동했다.

학교의 교무실.

임수민과 황정만의 신이 펼쳐질 장소였다.

도착했을 때는 이미 준비가 거의 끝났는지 고요했다.

자신의 책상에 앉아 있는 황정만.

그런 황정만 앞에 서 있는 임수민.

두 사람은 벌써부터 감정을 제대로 잡고 있었다.

황정만은 답답함과 안쓰러움이 공존하는 표정이었고, 임수민은 그냥 퀭했다. 영혼이 싹 빠져나간 것 같은 무미건조한 얼굴이었다. 그리고 지영은 그녀의 얼굴을 보자마자 알 수 있었다. 임수민이 뭐에 자극을 받은 건지, 지영처럼 기억 창고를 열었다는 것을 말이다.

마침내 완전한 침묵이 교무실을 뒤덮었을 때, 한 사람만이 메가폰을 입에 가져다 댔다.

"레디, 액션."

*　　　*　　　*

모든 게 무너졌다.

병. 딸아이의 심장에 깃든 병마(病魔) 때문에 그녀의 세상은 정말 완전히 무너져 내렸다. 아이가 아파 쓰러지고 나서 이제 겨우 한 달… 아니, 아직 한 달도 되지 않았다. 그런데 그 시간 동안 그녀가 노력했던 모든 게 파도를 맞은 모래성처럼 부서졌다.

"그래서… 이기 뭔대?"

"보시는… 대로예요."

"사직서? 니 지금 장난하나?"

어이없다는 표정으로 그는 사직서를 휙 내던졌다.

"미쳤나, 니?"

"……."

확 쏴붙이는 말에도 그녀는 답이 없었다.

그녀, 정윤진은 사실 말할 기운도 없었다.

하나밖에 없는 딸이 당장 수술을 받지 않으면 죽을지도 모른다는 사실은 그녀가 식음을 전폐하게 만들었다.

퀭해진 눈 밑만 봐도 그랬다.

붉게 충혈된 눈만 봐도 그랬다.

평소와는 다르게 정리되지 않은 옷매무새만 봐도 그랬다.

그녀는, 정윤진은 자신이 지금 정상이 아니라는 것을 온몸으로 보여주고 있었다.

"그래서 학교 그만두면 니 뭐 할 건데. 어? 딸 병원비는 어떻게 댈 거고. 어? 말해봐라, 인마!"

심수철의 호통에 정윤진은 천천히 고개를 들었다.

병원비?

맞아, 병원비…….

'적금 들어놓은 게 얼마였더라……. 이백쯤 되나……?'

생각해 보니까 적금도 얼마 안 들어놓았다.

늦게 임용을 통과하다 보니 호봉이 얼마 안 되고, 두 사람 먹고살기에는 부족하지 않았지만 그렇다고 넉넉한 것도 아니었다. 그래도 꾸준히 적금을 들었지만 고작 이백 정도밖에 되질 않았다.

다행인 건 보험인데…….

보험도 한계가 있었다.

그래서 심수철의 말에 정윤진은 '아, 돈이 이제 많이 필요하겠구나…' 하는 생각이 들었다.

"맞아요. 돈이 필요하네요……."

"야, 인마! 너 정신 안 차려?"

"돈이… 돈이 필요해……."

"야!"

심수철의 목소리가 아무도 없는 교무실에 뻥! 하고 울리면서 분위기를 한껏 고조시켰다. 심수철은 안다. 정윤진이 얼마나 딸을 아끼는지. 그래서 더욱 안타까웠다. 이건 동료 교사로서, 그녀의 부장으로서, 그리고 같은 인간으로서 가지는 연민이었다.

"어떻게 벌지… 병원비가 많이 나올 텐데……. 몸이라도 팔까요? 저 아직… 이 정도면……."

쫘악!

그녀는 말을 끝내지도 못했다.

고개가 거칠게 돌아갔기 때문이다.

뺨이 화끈거리고, 정신이 멍해짐과 동시에 그녀의 머릿속을 지배하던 나쁜 감정이 일시에 빠져나갔다. 정신이 번쩍 드는 따귀였다. 놀란 얼굴로 고개를 돌린 정윤진은 차갑게 굳은 심수철의 얼굴을 대면해야 했다.

“그래, 몸 팔아 병원비 대면 니 딸내미 참 좋아하겠다, 어? 엄마가 몸 팔아서 우리 딸 병원비 내고 있어요! 하고 자랑도 할 수 있고. 어?”

“…잘못했습니다.”

심수철의 말에 정윤진은 고개를 푹 숙였다.

그래, 현실적으로 말도 안 되는 일이다.

뭐를 해서 돈을 벌어?

순진한 자신이?

먼저 하늘에 간 남편한테 미안해서라도 못 할 짓이었다.

“후우…….”

답답했는지 심수철이 창문을 열고 오더니 담배를 꺼내 입에 물었다.

치익.

“후우… 앉아라. 앉아서 얘기하자.”

“…….”

이번엔 조용히 심수철의 말에 따라 의자를 끌어다가 앉았다. 그런데 이상하다. 죄지은 것도 없는데 고개가 푹 숙여졌다. 정윤진은 늦깎이로 임용에 통과해서 두 번째로 온 이 학교에 적응하도록 가장 많은 도움을 준 이가 심수철이라는 게 생각났다. 그는 학생도 정말 끔찍하게 챙기지만 동료 교사들도 힘든 일이 생기면 자기 일처럼 적극적으로 나서서 챙겼다.

흔히 말하는 오지랖이 넓은 걸로 봐야 하겠지만, 그래도 그의 도움은 힘든 당사자에겐 아주 큰 도움이 됐다. 예를 들어 일가친척 없이 노모를 혼자 모시던 남교사가 큰 사고를 당했고, 그때 하필이면 노모가 돌아가셨다.

이때 움직일 수 없던 남교사 대신 모든 장례 절차와 제주(祭主)까지 도맡아했던 게 바로 심수철이었다.

그리고 그렇게 힘들 텐데도 다음 날 바로 교단에 섰던 게 심수철이다. 그런 사람이었다. 심수철이라는 사람은. 정윤진도 당연히 아주 많은 도움을 받았었다. 짓궂은 아이들을 대하는 방법이라든가, 안내장부터 시작해 수업 프로그램을 짜는 법까지 전부 심수철이 자기 시간을 할애해 가며 하나씩, 하나씩 꼼꼼하게 알려줬다.

그래서 그녀는 이미 무의식적으로 심수철을 스승으로 따르고 있었다. 그래서 죄송했다. 이런 모습을 보이는 것 자체가…….

"죄송합니다……."

"후우, 뭐가 죄송하냐. 그 마음 내도 다 안다. 일단 이것 좀 피우고 하나씩 얘기혀 보자."

"네……."

심수철은 담배를 하나도 아니고 두 개를 연거푸 피웠다.

예전이었다면 건강 챙기셔야죠! 하고 담배를 뺏으려고 했을 테지만, 오늘 그녀는 그럴 기력도 없었다.

왜?

솔직히 의자에 앉아 있는 것도 힘들었다.

지금 당장은 배에서 연신 울리던 꼬르륵 소리가 지금은 제발 울리지 않기를 바라고 있었다.

하지만 그녀의 바람을 배신하듯, 그러지 말아달란 생각이 끝나자마자 배에서 꼬르륵! 하고 식충이들이 울었다.

"허……."

기가 막힌다는 듯이 심수철이 그녀를 바라봤고, 이 와중에도 창피하긴 한지 볼을 빨갛게 물들인 정윤진은 더더욱 고개를 숙였다.

"돈다, 돌아. 밥도 안 먹고 다니냐."

"그게……."

"됐고, 따라와라. 숙직실에 웬만한 장은 다 봐다 놨으니께."

"아니, 그냥 집에 가서……."

"따라오라면 따라와. 아, 거참. 말 겁나 많아졌네. 언제부터 정 선생 나한테 이리 토 달았냐?"

"…네."

드물게 엄한 심수철의 말에 정윤진은 결국 따라갈 수밖에 없었다. 숙직실 냉장고에는 확실히 별의별 재료가 있었다. 그는 능숙하게 상을 차리기 시작했다. 된장과 야채를 넣어 찌개를 끓이고, 고등어자반을 프라이팬에 능숙하게 구웠다.

이후 몇 가지 밑반찬을 꺼내 그릇에 담고는 즉석 밥을 전자레인지에 돌렸다. 30분도 안 되어 뚝딱 상이 차려졌다.

"자, 먹자. 먹고 얘기허자. 원래 야그도 밥 먹고 하는 법이여."

"…네."

고봉밥도 아니고 두 개나 데워 그릇에 담은 밥을 빤히 보던 정윤진은 결국 마지못해 국을 한술 떴다.

맛… 있었다.

말린 새우를 넣어 그런지 감칠맛이 확 돌았다.

그래서… 눈물이 왈칵 치밀어 올랐다.

"흡……."

"……."

뚝, 뚝.

눈물이 허락도 없이 치밀어 올랐다가 밖으로 탈출했다. 하지만 상에 떨어져 허무하게 생을 마감하고 말았다. 정윤진은 눈물을 멈출 수가 없었다. 딸이 가장 좋아하던 찌개가 된장찌개였다. 보통 아이들은 싫어하는데, 이상하게 딸 미진이는 된장찌개를 좋아했다. 그것도 이렇게 말린 새우와 두부를 잔뜩 넣은 된장찌개를 말이다.

"흐으……."

눈물이 훅 솟았다가 떨이지고, 다시 솟았다가 떨어지고를 반복했다.

심수철은 그 모습을 당연히 보았지만 묵묵히 밥만 먹었다. 감정은 터져야 한다. 안으로 고인 감정은 때론 사람을 극단적인 방향으로 발걸음을 틀게 만드는 못된 마력이 있다는 걸 잘 알고 있어서였다.

아까 병원비를 마련하겠다며 저도 모르게 내놓은 발언이 그랬다. 그러니 응어리진 감정은 어떻게든 풀어줘야 한다.

밥상머리 앞에서 우는 거?

평상시 심수철이었다면 불호령을 내렸을 거다.

하지만 지금은 그냥 내버려 뒀다.

기왕 감정이 터진 김에 실컷 울고 후련해지기만 한다면 10분이고 1시간이고 울어도 가만히 지켜봐 줄 수 있는 그였다. 심수철은 묵묵히 식사를 했고, 정윤진도 눈물을 흘리며 밥을 계속 먹었다.

그 모습이 진짜… 정말 뭐라 말로 설명할 수 없을 정도로 복잡한 모양새였다. 20분쯤 뒤, 식사가 끝났다.

다행히 정윤진은 어느 정도 감정을 수습한 상태였다.

"이제 배 좀 찼냐?"

"네……."

"그럼 커피 한잔 때리게 나가 얘기하자."

"……."

상을 치울까 했지만 냉장고서 캔 커피 두 개를 챙긴 심수철이 손으로 재촉을 해서 결국 그대로 숙직실을 나섰다. 학교 옥상. 평소에는 문을 닫아놓지만 열쇠야 당연히 심수철이 가지고 있었다.

"시원하게 쭉 들이켜."

훽 날아온 커피를 받은 정윤진은 이번엔 그냥 실없이 웃었다. 딱 자신이 좋아하는 브랜드의 커피였기 때문이다.

치익.

"후우……."

또 담배.

그의 입에서 나간 연기가 채 피지도 못하고 바람에 쓸려 흩어졌다. 정윤진은 문득 그 연기가 미진이와 비슷하단 생각을 해버렸다. 아직 너무 어린 딸. 그런 아이의 심장에 나쁜 병마가 깃들었고, 미진이를 채 피지 못하고 쓰러지게 만들려 하고 있었다.

'그걸 내가 막아줘야 하는데…….'

그렇게 해야 하는데… 자신이 할 수 있는 게 아무것도 없었다. 정윤진은 그게 정말 미치도록 슬펐고, 스스로에게 화도 났다.

"아는… 수술해야 한다?"

"네……."

"이식 수술?"

"네……."

"허이고……."

정윤진의 답이 있자마자 심수철이 답답한 한숨을 흘렸다. 그도 아는 것이다. 심장 이식 수술이라는 게 기증자가 없으면 그냥 세월아 네월아 하면서 기다려야 한다는 것을. 근데 문제는 미진이처럼 심장이 안 좋은 아이가 어디 대한민국에 한두 명이겠냐, 이거였다. 그래서 순번이 있고, 이건 절대로 외부로 노출되지 않는다.

즉, 그냥 기다릴 수밖에 없다는 뜻이었다.

그걸 아니까, 심수철은 답답한 한숨을 흘릴 수밖에 없었다.

"학교 그만두는 건 다시 생각혀."

"네……?"

"학교마저 그만두면… 너 진짜 딸내미 병원비 더러운 돈으로 낼 수도 있어. 그러고 싶어?"

"아니요……. 안 그럴게요."

사실 돈이 되는 다른 일을 알아보려고 했던 건 맞았다. 당장 들어가는 비용이 만만치 않았고, 이게 몇 달만 지속되면 더 버티기 힘들어질 게 분명했기 때문이다. 다행히 교사라는 신분 덕분에 대출이 수월하긴 하지만 그것도 한계가 있었다. 그래서 큰 도시로 다시 나가 밤낮으로 일할 생각이었다.

물론 심수철은 그걸 꿰뚫어 보고 있었다.

"아그들이 말여, 어른들이 담배 피우는 걸 보면 한번은 피워보고 싶다고 생각들혀. 그러곤 기회가 되면 피우는 거제. 여기서 둘로 나녀. 괜찮네? 하고 계속 피우는 노마들. 아니믄 에이, 별로네, 하고 그만두는 아그들."

"……."

"괜찮네, 하는 것들은 그렇게 못된 짓에 익숙해지는 것이고, 후자인 아그들은 다시 원래의 길로 돌아오는 것이여. 이 정도는 알제?"

"네……."

"지금 정 선생이 그려. 그만두면 당장 돈이야 더 벌겄제. 하지만 여기저기 부딪치다 보면 한계가 올 거시고, 그러다 보면 더 돈이 되는 일을 찾게 되어 있어. 니는 안 그럴 것 같제? 처음에 다들 그렇게 생각하는 거여."

"……."

"그러다 어느 순간… 훅! 미끄러지면 그땐 끝이여. 다신 못 돌아오는 거여."

"……."

치익.

"후우……."

정윤진의 침묵 속에 다시금 짧게 불꽃이 피었다가, 그다음으로 연기가 피어났다.

"그렇게 되믄? 니가 못 버텨. 지치고 또 지치는 거여. 그럼 그다음은 어딜 것 같어?"

"잘……."

"모르겠어? 아니제. 알고도 남제. 똑똑한 정 선생 아녀?"

"……."

그래……. 모른다고 부정하려 했지만 실제로는 알고 있었다. 심수철이 말한 그다음을 말이다.

휙.

바다를 보며 얘기를 하던 심수철이 등을 돌렸다.

그러곤 정윤진을 빤히 바라보다가, 툭 던지듯이 내뱉었다.

"니가 피운 생명, 니 손으로 꺾진 말자."

"……."

정윤진은 그 말에 머리가 하얗게 변했다.

"천륜을 네 손으로 끊는 짓은 하지 말자는 그다. 알긋나?"

재차 날아온 심수철의 말에 정윤진은 입술을 꾹 깨물었다.

심수철의 말을 이해 못 하는 건 아니었다.

충분히 가능성이 있는 말이었다.

삶을 비관해 일가족이 자살하는 건 일 년에도 몇 번씩이나 뉴스를 통해 알려진다. 얼마 전에도 아픈 아내를 편하게 해주고, 같이 따라간 사건도 뉴스를 통해 본 정윤진이었다.

너무 극단적인 것 아니냐고?

'지금 내 삶에 비하면…….'

거의 비슷비슷하다.

남편이 사고로 먼저 가고, 이제 딸 미진이마저 데려가려는 하늘이다. 이게 대체 극단적인 게 아니면 뭘까?

그래서 심수철의 말이 확 와닿은 정윤진이었다.

"병원비는… 너무 극정 마라. 내 어케든 모아볼 테니께."

"왜 이렇게까지… 해주세요?"

그리고 정윤진은 결국 하고 싶은 말을 꺼내고 말았다.

치익.

"후우……."

도대체 몇 개를 피우는 건지.

목이 안 아픈 걸까? 하는 생각이 정윤진의 머릿속을 스쳐 지나갈 때쯤, 연기를 내뿜은 그가 입을 열었다.

"다 같이 사는 세상 아니냐."

"……."

다 같이 사는 세상……?

그런 아름다운 게, 세상에 남아 있긴 했었나?

정윤진은 이 세상이 그런 세상이 아님을 아주 잘 알고 있었다. 다른 나라는 몰라도 적어도 현재의 대한민국은, 그리고 교육계는 다 같이 산다는 그런 아름다운 말이 적용되지 않았다.

그래서 심수철의 대답이 이해가 안 갔지만 한편으로는 그 말에 담긴 진심이 느껴져 매우 고마웠다.

"힘든 사람 외면하고 살아 뭐 하나. 그리해서 마음이 불편하면 결국은 그게 죄를 짓는 게 아니겠나."

여기저기 돌아다닌 곳이 많아서 심수철은 이상하게도 사투리를 잡다하게 섞어 구사했다. 본인도 그걸 알지만 이제는 그의 트레이드마크처럼 굳어버려 굳이 고칠 생각도 하지 않았고, 듣는 사람들도 그의 억양에 잘 맞는 것 같아서 크게 신경 쓰지 않았다.

'아… 이게 중요한 게 아니지.'

정윤진은 고개를 털었다.

저 사람이 가진 마력이었다.

사람을 지나치게 편하게 만드는 마력. 그게 얼마나 강하냐면, 지금 정윤진의 처지에도 그 마력에 매혹되어 저도 모르게 실없는 생각을 하게 만들 정도였다.

"그니께는 니는 딴생각 말고 아들 수업하고, 미진이 챙기고 그래라. 모금을 하든 재단 같은 곳에 사정을 하든 그건 내 알아서 해볼 테니께."

"…네, 감사합니다."

"감사하기는. 하아, 이제야 좀 말이 통하네. 아까는 진짜 답답해 죽는 줄 알았다."

"아니에요, 부장님. 제가 어리석었어요."

"그래그래. 어리석긴 했지. 그리고 때려 미안했다."

"제가 맞았었나요?"

"흐핫!"

이상한 너털웃음에 정윤진도 작게 웃었다.

사람을 참 편안하게 해주는 사람. 조금의 대가도 바라지 않고 타인을 돕는 사람. 이런 사람이 한국에, 그것도 교육계에 아직 남아 있다는 게 신기했다. 그리고 자신이 이런 상황에 처했을 때, 저 사람이 이곳에 있다는 게 감사했다.

"해 다 떨어졌네. 그만 가봐라. 내는 숙직실에서 잘라니까."

"네. 감사합니다, 부장님. 이만… 갈게요."

"그래그래. 잘가래이."

정윤진이 허리를 크게 숙여 인사를 하고는 등을 돌렸다. 옥상 문을 통과하던 정윤진은 순간 흠칫했다. 벽 바로 옆에서 인기척이 느껴졌기 때문이다.

전학생.

심소희.

엊그제 소동의 주인공 중 한 명이었다.

"……."

"……."

소희는 고개를 푹 숙이고 있었다.

어딘가 우울해 보이는 모습. 그 일 때문인가 싶어 정윤진은 저도 모르게 물었다.

"집에… 안 갔니?"

"심 샘한테 상담받고 싶은 게 있어서요."

질문을 하지마자 칼처럼 나온 답에 정윤진은 뭐라 더 말하려다, 입을 다물었다. 아이에게서 자신과 대화할 의지가 느껴지지 않은 탓이었다. 본래는 이 상황에, 이 늦은 시간에 여학생과 남선생 둘이 있는 건 무조건 막고 봐야 하지만 정윤진은 심수철을 믿었다. 그래서 그냥 다시 가던 걸음을 뗐다.

"그래, 늦었으니까 얼른 상담받고 바로 집으로 가."

"네."

얼른 가버리라는 티가 팍팍 나는 대답에 정윤진은 '후우' 한숨을 내쉬었다. 계단을 걸어가는 내내 소희의 시선이 느껴졌다. 코너를 도는 순간, 저도 모르게 위를 올려다본 정윤진은 옥상으로 막 들어서는 소희의 등을 잠시 보다가 이내 다시 갈 길을 갔다. 아주 잠시간 사라졌던 미진이가 다시 머릿속에 떠오르자 저도 모르게 안색이 흐려졌다.

한편 옥상에서 담배를 태우던 심수철은 뒤에서 들려오는 걸음 소리에 고개도 돌리지 않고 입을 열었다.

"와 또. 뭐 놓고 간 거 있냐?"

"……."

그렇게 툭 던진 말에 돌아오는 대답은 없었다. 잠깐 기다리던 심수철은 이상함을 느끼고 몸을 돌렸다.

그러곤 참 대하기 힘든 학생이 서 있는 걸 확인했다.

아니, 대하기 힘든 학생이 아니라… 딸이었다.

지금은 사고로 먼저 하늘로 간 전처의 딸. 아직까지 자신의 성을 쓰는 심소희였다.

"어… 그."

"얘기 잘 들었어요."

"으응……?"

당황스러웠다.

무슨 얘기?

소희가 자신과 정윤진이 나눈 대화를 들은 것만은 분명한데, 뭘 잘 들었는지에 대한 확신이 없었다.

"다 같이 사는 세상이란 말, 참 인상적이었어요."

"아……."

심수철은 부지불식간에 탄식을 흘렸다.

그래, 그 말로 인해 정윤진을 도와주는 건 맞았다. 거기엔 한 치의 거짓도 없었다. 정윤진에 대한 다른 마음? 동료 교사로밖에 생각 안 했다. 그렇기 때문에 아까 자신이 했던 말은 조금의 거짓도 없는 순도 100%짜리 진심이었다.

하지만…….

“그럼 샘의 세상에 엄마랑 나, 그리고 내 동생은 없었나 봐요?”

“……”

소희에게는 들어서도, 해서도 안 되는 말이었다.

전처와 이혼을 하게 된 이유는 딱 하나였다.

심수철의 외도.

당시 동료 여선생과의 외도를 걸려 집안이 아주 발칵 뒤집혔다. 심수철은 그때 용서를 구했지만 전처의 집안과 아내는 절대로 용서해 주지 않았다. 그러곤 조용히 합의 이혼을 했고, 어떻게 된 건지 심수철은 서울에서 아주 먼 끝에서 끝으로 발령이 났다.

그때 소희의 나이는 고작 아홉 살이었다.

하지만 철이 일찍 든 소희는 당시의 상황을 모두 기억하고 있었다. 아버지의 외도, 친구들의 손가락질에 주변 사람들의 소곤거림까지 전부 다 기억하고 있었다. 당황은 곧 분노가 되었고, 분노는 풀리지 않은 채로 원한이 되었다. 거기에 어머니의 일과 동생의 일이 겹쳤다. 자신이 쓸 수 있는 모든 방법을 써서 찾아온 이곳에 운명의 장난인지, 심수철이 있었다.

수호의 일과 겹치면서, 소희는 속에 가둬놓았던 모든 감정을 이제 터뜨리기로 마음먹었다.

“대답해 주세요.”

"그, 그게……."

"왜 샘의 세상에 우리는 없었어요?"

"……."

"다 같이 사는… 세상이라면서요, 네?"

"……."

할 말이 있을까?

지금의 소희에게 무슨 말을 한들 먹히기나 할까?

아니, 전혀…….

심수철은 그걸 알고 있었다.

하지만 그런 이유 때문에 말문이 막힌 건 아니었다.

정확하게는 저 말에 답할 말이 없었다.

다 같이 사는 세상이라고 했지만, 심수철은 결론적으로 전처는 물론 소희와 소희 동생까지, 결국엔 방치한 거나 마찬가지였다.

물론 소식을 들었을 땐 너무 늦기도 했다.

이미 장례식까지 전부 끝나 있던 상태였으니까.

"왜……? 왜 우리 버렸어요? 다 같이 사는 세상에서?"

흠칫!

버렸다는 말에 심수철은 숙이고 있던 고개를 번쩍 들었다.

아니, 아니다.

버리지… 않았다.

하지만 그 말은 입 밖으로 튀어나오지 못했다.

"대체… 왜!"

왜에!

왜에……!

왜에…….

소희가 지른 그 고함은 바람에 실려 넓게, 그리고 멀리 퍼져 나갔다.

메아리.

수많은 감정이 녹아든 텅 빈 메아리였다.

애달픈 얼굴로 위태롭게 흔들리는 소희에게 심수철은 저도 모르게 손을 뻗었다.

"아야……."

"오지 마……."

"……."

"당신 같은 인간… 죽어버렸으면 좋겠어……."

나직하게 읊조리듯 말을 뱉은 소희가 등을 돌렸다.

그리고 그 말을 들은 심수철은 동상이 된 듯 손을 뻗은 채로 움직이지 못했다.

그가 과거에 저지른 죄는 아직 용서되지 않았다.

* * *

"컷!"

"후아……."

털썩.

이민정 감독의 컷 사인에 서원도, 그리고 황정만도 털썩 바닥에 주저앉았다.

감정 소모가 지나치게 심했던 탓이었다.

숨마저 죽인 채 지켜보던 스태프들이 얼른 모포와 따뜻한 차를 들고 배우들에게 달려갔다.

"어으… 어뜨뜨!"

황정만이 스태프가 가져다준 따뜻한 차를 마신 뒤에 일부러 낸 소리에 무겁던 분위기가 조금씩 풀리기 시작했다.

'하여간 진짜…….'

대단한 사람이다.

처음에 앓는 소리와 함께 바닥에 주저앉은 건 분명 진짜였다. 그럼 그다음 행동은? 그 짧은 틈에 분위기가 축 처진 걸 알고는 의도적으로 저런 행동을 한 거다. 그 결과, 고요하던 촬영장에 어느새 활기가 깃들어 있었다.

자신의 연기뿐만이 아닌 촬영장 전체를 책임지는 사람이 바로 저 황정만이란 배우였다.

"어이, 동상!"

바닥에 주저앉은 황정만이 손짓까지 하며 지영을 불렀다. 지영은 조용히 스태프들 틈에서 빠져나와 그에게 걸음을 옮겼다.

"안 가고 보고 있었냐?"

"네, 어차피 지금 숙소 가봐야 할 것도 없고요."

"그러냐. 어땠냐?"

자신의 연기에 대해 평을 해달라는 건가?

피식.

대배우 황정만의 연기력을 지영이 논한다?

한다고 하면 못 할 것도 없었다. 하지만 지영은 그래서는 안 됨을 알고 있었다. 그래서 그냥 엄지만 척 올려줬다.

"흐흐, 내가 좀 허긴 허지?"

"자꾸 이상한 대답 유도하지 말아요. 괜히 건방지다고 찍히긴 싫으니까."

"와따, 니 건방져야. 몰랐냐? 그거 여 있는 사람들 다 알어."

"네네."

지영이 성의 없게 대답하자 그는 재미가 없었는지 투덜거리며 자리에서 일어났다.

"영상 확인 안 해요?"

"뭐더러 혀. 내 연기는 내가 더 잘 알어. 잘못된 데 없으니께, 더 찍음 감정 낭비고 필름 낭비여."

황정만의 말에 지영은 고개를 끄덕였다.

그래, 그는 이런 말을 할 자격이 충분히 있는 사람이었다.

"선배님, 수고하셨습니다!"

"그려그려, 니도 고생혔다."

소희를 벗어던진 서원이 크게 고개를 숙여 황정만에게 인사를 했다. 그러곤 쪼르르 이민정에게 달려갔다. 황정만은 몰라도, 서원은 신인이다. 천재지만 이제 첫 작품이다. 잘했든 못했든 영상 확인은 무조건 해야 했다.

잠시 얘기를 나누고 있는데 이민정 감독에게서 오케이 사인이 왔다.

"어이쿠, 고생들 혔어! 낼 보자고!"

"고생하셨습니다!"

"고생하셨습니다!"

서원의 인사 소리가 들리기 시작하자 황정만이 지영의 어깨를 감싸고는 이끌기 시작했다.

"오늘은 안 마셔요."

"아, 왜! 간만에 감정 좀 잡아서 힘들어죽겠구먼!"

"낼 일찍 배 타고 나갈 생각이라서요."

"그럼 밤새 마시면 되는 거 아니냐?"

지영은 그 말에 고개를 절레절레 저었다.

아까 심수철의 모습과 흡사하면서도, 완전히 다른 모습을 보면 참 신기하기도 했지만 반대로 이해 불가이기도 했다.

"어쨌든 오늘은 안 마실 겁니다."

"아··· 동상, 서운하게 허네, 또······."

풀이 죽었는지, 아니면 삐졌는지 어깨에서 손을 뗀 황정만은 성큼성큼 앞서 걷기 시작했다. 하지만 지영은 안다. 저기에 말리면 오늘도 술판이 벌어지리라는 걸.

'뭔 술 못 먹어 죽은 귀신이 붙은 것도 아니고······.'

아주 그냥, 틈만 나면 술타령이다.

어느새 사라진 황정만을 쫓아가지 않은 지영은 느긋하게 걸어 숙소에 도착했다. 그리고 도착해선 헛웃음을 흘릴 수밖에 없었다.

"뭐더? 판 안 벌리고······?"

"와······."

왜 먼저 가나 했다.

도착한 황정만은 이미 술을 다 꺼내놓고, 반찬도 다 꺼내놓고, 얼마 안 남은 유선정표 제육볶음을 볶고 있었다.

황정만.

그는 포기를 모르는 남자였다.

결국 또 아침까지 달린 지영은 새벽 배를 놓치고, 점심에서야 섬을 나올 수 있었다. 먼저 나가는 지영을 부럽다고 바라보는 시선들이 엄청 많았지만 어차피 섬 촬영은 얼마 남지도 않아 그나마 웃으면서 밖으로 나올 수 있었다.

"고생했어요."

"뭘요. 뭐 새로운 소식은 없어요?"

딱 시간에 맞춰 대기 중이던 김지혜의 인사에 지영은 바로 소식부터 물었다. 여기서 지영이 묻는 소식은, 본인을 포함한 주변 전체를 향한 적의(敵意)를 말함이었다.

"아직까지는 조용하네요."

"흠……."

부뚜막의 정보력 만큼은 신뢰할 수 있다.

그러니 진짜 지금은 조용하다는 뜻인데, 지영은 그 부분이 의외였다.

정치적인 목적을 가지고 결성된 그들은 집요하다. 몇 번 실패했다고 결코 포기했을 리가 없었다. 그건 지영 본인이 몇 번이나 겪어봤기에 훨씬 더 잘 알고 있었다.

'그런데 조용하다?'

그래서 더욱더 의심이 가는 지영이었다.

"혹시 모르니까 좀 더 자세하게 알아봐 주세요."

"네."

"저 그럼 눈 좀 붙일게요."

지영은 그렇게 말하고 눈을 감았다.

잠시 뒤에 화장실에 갔다 왔던 한정연과 이성은이 차에 타자 밴은 부드럽게 서울로 출발했다. 집까지는 딱 세 시간하고 반이 걸렸다. 오랜만에 돌아온 집은 딱히 변한 게 없었다.

"왔어?"

"추운데 왜 나왔어?"

"흐흐, 내 남자 마중 나왔지! 왜 나왔겠어!"

피식.

"춥다. 들어가자."

"응!"

특유의 대답과 함께 지영은 은재와 함께 집으로 들어갔다. 오후 다섯 시. 지연이는 이제 운동부 훈련이 끝나고 피아노 학원에 갈 시간이라 집에 없었다. 두 분도 아직 바빠서 항상 집에 늦게 들어왔다.

"별일 없었지?"

"있었어!"

"응? 있었어?"

"응, 흐흐. 인세가 드디어 들어왔지!"

"아하……? 얼마나 들어왔어?"

"흐흐, 놀라지 마시라……."

은재는 주머니에서 폰을 꺼내 뱅킹을 열고, 지영에게 내밀었다. 폰을 받은 지영은 일단 숫자에 눈이 아팠다. 정확하게는 0이 너무 많아 잠시간 혼란이 생겼다.

"워……."

"엄청 들어왔지? 장난 아니지? 흐흐!"

"계속 이렇게 몇 달간은 들어온다는 소리 아냐. 맞지?"

"응, 흐흐. 아직도 인기 많다고 하니까… 더 들어오면 더 들어왔지, 당분간 떨어지진 않을 거래."

"이야……."

지영의 인기에 업혀 소설이 대박이 터진 건 맞다.

그런데 그게 아니더라도 은재의 첫 장편 소설 '솔'은 지영이 보기에도 재미가 있었다. 그리고 그 재미는 세계에서도 통했다.

첫 달 유료 인세가 무려 40억에 육박했다.

이걸 공 자를 붙이면…….

4,000,000,000.

인구수가 엄청난 중국과 유럽, 북미 지방에서 소설이 대박이 터지니 인세 또한 진짜 장난이 아니었다. 안 그래도 솔이 인기를 끌 때 전문가들이 은재에게 들어올 인세가 그 정도는 될 거라고 예상하기도 했었다.

그들은 말했었다.

최소, 정말 최소로 잡아도 20억 이상은 나올 거라고.

한국과는 다르게 거대한 인구수를 자랑하기 때문에 인세 또한 한국의 몇십 배는 될 거라고. 그리고 그 말은 사실이었다.

“나 그래서 이제 진짜 제대로 준비해 보려고.”

“뭘? 아아, 학교?”

“응. 흐흐, 은채랑 요 근래 자주 만나서 상의도 하고 있어. 전문가분들이랑 같이.”

지영이 영화를 찍는 동안 은재도 자신의 꿈이자 목표를 향해 한 발자국 내디디고 있었다. 지영은 그런 은재가 참 기특했다. 그리고 이번 생에 이런 사람을 만나, 사랑하게 되었음에 감사한 마음도 들었다.

딸깍.

유선정이 차를 내려놓고 조용히 물러났다.

“부지는 전에 은채가 말해줬던 곳으로 하게.”

“그 충주 근처의 대형 물류 창고 부지?”

“응. 은채랑 고모가 신경 써주셔서 지금 협상 중에 있나 봐.”

“그래.”

그 말에 지영은 예전에 봤던 김조선이 떠올랐다.

여제라는 별명을 가진 재계의 실력자인 그녀는 그룹 내 실권을 잡자마자 바로 집안 단속부터 하겠다며 은재를 찾아왔었다.

당시 봤었던 김조선은 지영에게도 긍정적인 평가를 이끌어 내고 갔다.

수신제가치국평천하.

꽤나 널리 알려진 이 말을 제대로 실천하는 사람은 솔직히 드물었다.

그런 김조선이 은재의 뜻을 도와주겠다고 나섰다면, 거의 이루어진다고 봐야 했다. 이 나라에서 그녀가 할 수 없는 일은 솔직히 전무하다고 해도 과언이 아닐 테니 말이다.

"앞으로 정신없어지겠네? 곧 후속 작품도 나가야 하잖아."

"응, 흐흐. 하지만 바쁜 게 좋아. 집에만 있으면 찌뿌둥하기도 하고, 뭔가 백조 같아서 싫어."

백조?

인세로 40억 가까이 받는 백조가 세상에 존재하긴 할까?

"백조라니……. 야야, 그거 다른 사람들이 들으면 욕한다? 어디 가서 절대 꺼내지 마."

"흐흐, 알았어."

사실 은재가 나가도 크게 신경 쓸 부분은 없을 것이다.

원하는 규모만 설명해 주면 전문가들이 달라붙어 법적인 문제부터 거의 것을 알아서 할 게 분명할 테니 말이다.

하지만 그렇다고 안 나갈 수도 없는 건 사실이었다. 은재가 안 나가면 문제가 있어도 수습이 힘들다. 예로부터 관리 책임자가 없으면 항상 문제가 터지기도 했다. 그러니 은채는 몰라도, 은재는 나가서 항상 그들의 대화를 듣고, 문제점을 살펴보아야 했다. 다행이라면 유선정이 곁에서 잘 보좌해 준다는 점이었다.

유선정이 요리만 잘하는 게 아니었다.

그녀는 기본적인 사무 업무는 물론, 전문적인 지식 분야까지 아주 다재다능했다. 거짓말 조금 보태서 유선정의 법적 지식은 웬만한 변호사보다도 낫다고 말할 수 있었다. 그렇게 지영에게 서소정이 있었다면, 은재에게는 유선정이 있었다.

"넌 촬영 또 언제야?"

"준비되는 대로 연락 준다고 했는데… 아마 이삼 일 뒤쯤 찍을 것 같아."

"그래? 그럼 나랑 내일 어디 가자."

"어디?"

"흐흐. 가보면 알지롱!"

피식.

"그래."

"흐흐, 약속한 거다? 그럼 나 이제 선정 언니랑 저녁 준비할게. 어머니랑 아버지 언제 오시는지 전화해서 알아봐 줘."

"응."

은재가 어떻게 알고 귀신처럼 다시 나온 유선정과 함께 주방으로 향하자 지영은 짐을 일단 방에다 가져다 놓고 옷을 갈아입었다. 근 한 달 만에 들어온 방은 낯설면서도 반가웠다.

숙소가 아무리 잘되어 있다 한들, 솔직히 집보다는 불편할 수밖에 없었다.

다시 밖으로 나온 지영은 이번에도 반가운, 항상 담배를 피우던 곳으로 갔다. 그러곤 먼저 두 분에게 전화를 돌렸다.

강상만은 여전히 정치권에 몰아치는 피바람을 진두지휘하느라 정신이 없이 야근을 한다는 말을 전했고, 임미정도 재단 단속, 점검을 위해 밤늦게나 들어온다는 답을 줬다. 좀 아쉽긴 했지만 이 정도도 이해 못 할 지영이 또 아니었다.

치익.

"후우……."

끼익.

철컹!

담배를 입에 물고 불을 붙이기 무섭게 현관 대문이 열렸다. '누구지?' 하는 생각에 고개를 내밀어 봤더니 블랙 코트에 트레이드마크라 할 수 있는 청바지로 한껏 멋을 낸 김은채가 들어서고 있었다.

눈이 딱 마주쳤다.

"어. 왔네?"

"그래, 왔다."

"안 그래도 너한테 상의할 게 있었는데, 잘됐네."

또각또각.

섬과는 다르게 이 추운 날에도 포기하지 않은 힐 소리를 보면 참 애도 멋에 살고 멋에 죽는다는 생각이 들었다.

"한 대 줘봐."

"얼씨구."

"아, 좀! 차에 두고 왔단 말이야!"

"……."

그리고 이놈에 성격도 참 여전하단 생각이 들었다.

근데 웃기게도 이런 김은채의 행동과 목소가 이제는 제법 친근하게 느껴졌다. 그래서 지영은 정도 모르게 속으로 '말세다, 말세야…' 하는 생각을 떠올리고는 그게 또 웃겨서 피식 웃고 말았다.

치익.

"후우……."

지영은 자신과 똑같이 담배를 내뿜는 김은채에게 저도 모르게 물었다.

"담배 안 끊냐? 회장님이 뭐라 안 해?"

"담배 안 끊냐? 은재가 뭐라 안 해?"

"……."

숨도 안 쉬고 돌아온 대답에 지영이 침묵하자 이번엔 김은채가 피식 웃었다.

"할 말 없지?"

"그래."

은재야 줄이라고 했지, 끊으라고는 안 했다.

그리고 그때 봤던 김조선의 성격으로 보아 이것저것 세세하게 간섭할 스타일도 아니어 보였다.

"병원 일은 잘 하고 있냐?"

"병원? 그럼 내가 누군데? 의료 지원 서비스도 자리 잡아가고 있고, 그 덕분에 홍보도 잘돼서 병원 매출도 껑충 뛰었고. 이래저래 순풍 탄 배처럼 흘러가고 있지."

"의외네. 말아먹을 줄 알았는데."

피식.

지영의 말에 김은채는 콧방귀를 뀌었다.

"내가 성깔은 이렇게 더러워도 배우는 건 아주 착실하게 배웠거든. 빌어먹도록 무능한 아빠란 인간 꼴 나기 싫어서."

"오기와 독기?"

"그런 거지. 평범한 사람들도 그렇지만 유능하면 살아남고, 무능하면 도태되고. 세상사가 돌아가는 아주 당연한 이치잖아?"

맞다.

잔인하게 들릴지 모르지만 저 말은 어떤 곳이든 적용된다.

교육, 스포츠, 예술 등등 광범위하게 적용되고, 알 게 모르게 인재를 솎아낸다. 안 그럴 것 같지만, 없어져야 하지만 이건 솔직히 절대로 없어지지 않을 세상의 룰이었다. 이러한 것을 악 폐습이라면 없애자고 하지만, 대체 누가 없앨 건가.

정부가 나서서?

기업이 나서서?

안 해본 게 아니다.

투명하게 뽑아도, 공정하게 뽑아도 반드시 그 인원 사이에서 능력 차이가 났고, 그 차이는 승진과 연봉으로 고스란히 이어진다. 이는 인간이 살기 시작한 이후부터 지금까지 이어져 왔다.

그래서 이러한 능력에 대한, 재능에 대한 세상의 룰은 이 세상이 존재하는 한 절대로 없어지지 않을 거라고 지영은 생각했다.

"잘나셨네."

"그럼. 내가 잘나긴 했지. 집안 좋아, 머리 좋아, 능력 돼, 얼굴도 예뻐. 성격이 지랄 맞지만 그 정도는 있어줘야 또 인간미가 느껴지지 않겠어?"

피식.

너무나 자신감에 찬 말이라 태클 걸기도 애매했다.

그리고 또 틀린 말도 아니었다.

집안부터 외모까지 전부 그녀의 말이 사실이었으니까 말이다.

"됐고, 상의할 게 뭐야?"

"그건 은재랑 같이."

"피우고 와."

"야! 같이 들어가!"

"춥다."

김은채를 버려두고 안으로 들어온 지영은 정신없이 요리에 집중하고 있는 두 사람을 뒤로하고 일단 샤워부터 했다. 차 안에서 땀을 흘려서 그런지 몸이 찝찝했기 때문이었다. 가볍게 물로 샤워만 하고 밖으로 나오자 거실에는 이미 음식 냄새가 가득했다.

"어! 언제 들어왔어?"

"아까 전에? 아버지는 오늘 못 들어오시고, 어머니도 늦으신대. 저녁은 우리끼리 먹어야겠다."

"그래? 힝, 도시락이라도 싸드려야겠다, 그럼."

시켜 먹는 게 나을 수도 있지만 지영은 그냥 말리지 않았다. 이렇게라도 두 분을 챙기고 싶은 은재의 마음을 이해했기 때문이었다.

"은재야, 언니 배고프다!"

"밥 다 됐어. 앉아서 기다려."

방에서 나온 김은채의 말에 은재가 웃으며 대답해 주자, 그녀는 지영의 바로 앞에 턱 하니 앉았다.

"여기서 먹게?"

"안 될 게 있나?"

"아니다."

뭐, 한두 번도 아니고…….

잠시 뒤 유선정이 바퀴 달린 식당용 판을 이용해 반찬을 하나씩 옮겨주기 시작했다. 국그릇까지 다 내려놓고 유선정은 조용히 빠졌다. 그녀는 이상하게도 같이 식사를 하는 법이 없었다. 유선정이 방으로 들어가자 김은채는 버릇처럼 리모컨을 조잡해 텔레비전을 틀었다.

띠링.

하얀 선이 쭉 갔다가, 제조사의 로고가 떴다.

그러곤 속보가 떴다.

속보는…….

—긴급 속보입니다. 오늘 오후 다섯 시 삼십 분 경, 서울 서초구… 콰앙……! 꺄악!

테러 속보였다.

Chapter73
끝나지 않은 테러

멍…….

뉴스를 보는 지영의 심정이 딱 이랬다.

혼만 쏙 가출해 버리는 느낌, 정말 딱 그 느낌이었다.

—지, 지금 다시 한번 폭발이 일어났습니다! 이곳은 서울 서초구…….

—피해!

—야, 윤정아! 그냥 나와! 파편 떨어진다!

아나운서로 보이는 여자를 누군가가 강제로 끌어당겼다. 동시에 화면이 마구 요동쳤다. 요동치는 카메라 사이로 파편이 떨어지는 게 보였다.

쾅!

파삭!

유리가 붙어 있던 파편인지 투명한 뭔가가 사방으로 비산하는 것도 보였다.

지영은 그 장면을 눈 하나 깜빡하지 않고 보고 있었다. 정신은 이미 돌아와 있었다. 파편이 깨지는 소리가 지영의 의식을 훅 잡아당긴 것이다.

지영은 화면을 뚫어지게 노려봤다.

지금 다시금 제자리를 찾은 카메라가 비추는 건물은 대한민국 법조계의 상징 중에 한 곳이었다.

서울특별시 서초구 반포대로, 대한민국 대검찰청.

지금 불타고 있는 곳을 설명할 지명이었다.

그리고 저곳은 강상만의 근무지이기도 했다.

그래서 지금 지영의 눈빛은 지독할 정도로 살벌하게 빛나고 있었다.

"지영아……."

사시나무처럼 떨리는 몸, 그리고 눈빛으로 지영을 돌아보던 은재는 그만 흠칫 굳고 말았다. 지영의 눈빛에 압도되어 버린 것이다. 유은재는 단 한 번도 본 적이 없는 강지영의 분노한 눈빛은 사람을 갈가리 찢어발기고도 남을 정도로 살벌하게 빛나고 있었다.

특히 서클렌즈를 빼서 핏빛을 담은 한쪽 눈동자는 정말, 뭐라 말로 표현이 불가능할 정도였다. 오죽했으면 천하의 김은채마저 지영을 돌아보곤 흠칫 굳었을 정도였다.

지잉!

지잉!

지잉!

식탁 위에 올려놨던 세 명의 폰이 거의 동시에 울기 시작했다.

김은채의 폰에는 대성그룹 총수 김조선의 이름이, 유은재의 폰에는 송지원의 이름이, 강지영의 폰에는 김지혜의 이름이 각각 떠 있었다.

가장 먼저 김은채가 전화를 받았다.

"네, 회장님. 네, 네. 바로 돌아가겠습니다."

전화를 끊은 김은채는 수저를 들고 밥을 국에다가 철퍽 쏟았다. 그러곤 아예 흡입하기 시작했다.

그다음은 지영이 전화를 받았다.

"네."

—지금 집으로 가고 있습니다.

다급한 목소리였다.

"네."

지영은 두 번의 대답과 동시에 전화를 끊었다.

으득!

이가 확 갈렸다.

올 때까지만 해도 김지혜는 아무런 문제가 없다고 했었다. 그 새끼들은 조용하다고 했었다. 그런데 왜? 지영은 부뚜막의 정보력을 절대로 믿어 의심치 않았다. 국정원과 거의 동시에 인터폴 적색 수배를 받은 히트 맨의 입국을 확인하고, 일본으로 넘어간 것도 파악할 정도로 능력이 있는 곳이다.

그래서 지영은 부뚜막의 정보력을 신뢰한다.

"그런데도 몰랐다는 거지……."

치익.

"후우……."

열이 뻗치니 집이건 뭐건 그냥 담배가 입에 저절로 물려졌다.

그리고 그 짧은 순간에 지영은 집밖으로 자신이 나가는 건 위험하다는 판단을 내렸다.

지극히 감각적으로 내린 판단이었지만, 정말 옳은 판단이었다.

지잉! 지잉!

전화 받아라!

폰이 다시금 악을 썼다.

유선정이 조용히 종이컵에 물을 조금 담아 지영의 앞에 내려놔 주고 갔다.

"후우… 네."

—정순철입니다! 지금 댁에 계시죠?

"네, 집입니다."

—절대! 절대 집에서 나오시면 안 됩니다!

피식…….

알고 있다.

알고 있는데, 그 얘기를 듣자 이상하게 짜증이 확 뻗쳤다. 하지만 지영은 그 화를 당장 풀지 않았다. 지금은 감정을 안으로 갈무리하는 게 좋았다.

"냉정해질 때다……."

—네?

"아닙니다. 어머님은요?"

—지금 사원들을 급파시켰고, 어머님은 현장에 있는 요원과 먼저 피신하셨습니다!

피식.

두 번째로 웃음이 나왔다.

이 무슨 어이없는 경우란 말인가.

지영은 다시금 담배 연기를 내뱉고 가장 중요한 걸 물었다.

"아버지는요?"

—확인… 중입니다.

“정 팀장님.”

—네…….

“제가 다시 사막의 모래바람에 스며드는 걸 보고 싶지 않으시다면… 아버지가 무조건 무사하셔야 할 겁니다.”

—…….

지영의 조용한 한마디에 정순철은 침묵했다.

지금 지영이 한 말이 무슨 뜻인지, 어떠한 의미를 담고 있는지 곧바로 눈치를 챘기 때문이었다. 이해를 못 했다면 ‘네?’ 하고 반문을 했어야 맞다.

—반드시… 무사히 모시겠습니다.

“네, 그래야 할 겁니다. 팀장님이 말하는 국보를 잃기 싫다면.”

—네…….

뚝.

전화가 끊겼다.

정순철은 아마 근처에 있을 것이다.

테러가 벌어졌지만 저게 끝인지, 아니면 아직 더 남았는지 아직 파악된 게 하나도 없었다. 대한민국 검찰총수가 있는 서초구 대검찰청에 폭탄을 터뜨렸다.

‘외부 도움이 없이는 절대로 불가능하지.’

지영은 이 일이 단순한 일이 아님을 단박에 파악했다. 그리고 실제 표적이 누군인지, 그것도 애매함을 느꼈다.

왜 지영을 안 노리고?

"나였다면 고속도로에서부터 노렸겠지. 하지만……."

김지혜는 분명 움직인 정황이 없다고 했다.

그리고 그건 정순철도 마찬가지였다.

대한민국 내에서 부뚜막과 국정원의 이목을 피하고 테러를 기획, 조달, 실행한다고? 왜? 차라리 청와대에 북한 간첩이 비서 노릇을 한다고 하지? 한 곳도 아닌 두 곳의 이목을 완벽하게 피하는 건 솔직히 말도 안 된다.

그리고 만약 진짜로 그랬다면 둘 다 정보 단체라는 간판은 때서 뽀개는 게 맞다.

띠링.

지영은 거실 텔레비전을 다시 켰다.

아까처럼 새하얀 선이 휙 지나갔다가, 제조사의 로고가 떴다가, 곧바로 긴급 속보를 내보내는 장면으로 이어졌다. 아까 카메라맨에게 어깨를 잡혀 끌려갔던 여아나운서가 검은 숯덩이 같은 걸 얼굴에 잔뜩 묻히고, 마이크를 든 채 불안한 눈으로 불타고 있는 빌딩과 카메라를 번갈아가며 설명을 이어나가고 있었다.

—다시 한번 알려 드립니다. 오늘 시간 다섯 시 삼십 분 경,

서울 서초구 대검찰청에서 폭발물로 인한 테러로 보이는 사건이 발생했습니다…….

지영은 착 가라앉은 눈빛으로 아나운서의 말에 귀를 기울였다.

카메라는 막 소방대원들과 이제 막 현장에 도착한 대테러 특수 팀의 모습을 보여주고 있었다.

치익.

"후우……."

지영은 담배를 하나 더 꺼내 물었다.

그리고 그 옆으로 김지혜가 앉아 담배를 입에 물었다.

집 안에서의 흡연?

지금은 그 누구도 그걸 따지지 못했다.

"이거 노린 것 같지?"

김지혜가 툭 던진 말에 지영은 조용히 고개를 끄덕였다.

지금 당장 의심 가는 부분이 너무나 많았다.

"왜 내가 보기엔 널 섬에서 나오게 할 목적으로 저 짓을 저지른 것 같을까?"

"나도 그렇게 생각은 하고 있어."

저 테러가 강상만에게 갔을 가능성도 있다.

없다고는 말할 수 없다.

검찰총장이니까.

하지만 그랬다간 파장이 진짜 어마어마하다. 그래서 지영은 국내 세력이 저랬을 가능성은 거의 없다고 봤다. 그러면? 테러의 목표는 자신이다.

검찰청을 노려, 강상만을 죽거나 다치게 해서 지영을 드러나게 하려는 게 저 테러의 목적이 아닌 가 싶었다. 순간적으로 든 생각이지만 확실히 가능성이 있었다.

"지영아……."

불안한 눈과 말투로 지영을 부른 은재가 조심스럽게 옆으로 다가왔다.

떨리는 눈빛을 보고 지영은 웃어줬다.

아까보다는 확실히 여유가 살아났다.

지금은 급하게 움직여서 될 게 아무것도 없었다.

만약 표적이 자신이라면 집 밖으로 나가는 것 자체가 위험한 짓이다.

'냉정, 냉정해져라, 강지영.'

솔직히 이런 일 한두 번이 아니잖아?

이번 생도 그렇고, 저번 생도 그렇고.

무수히 많이 겪었잖아?

그래서 지금 지영은 당황스럽지만, 혼란스럽진 않았다.

"난 지금 바로 회사로 갈 거야. 내 식대로 움직여 볼게."

"부산 쪽 인맥?"

"응. 밀입국한 놈들이면 부산으로 들어왔을 수도 있으니까."

"부탁한다."

"걱정 마. 은재 잘 보살펴 주고."

"그건 걱정 말고."

미사일이 날아오지 않는 한, 이곳에서 은재에게 무슨 일이 생길 가능성은 거의 없었다. 회사원들에, 지영이 따로 고용한 경호원들까지 다 집 근처에서 대기 중이기 때문이다. 그들도 지금 소식을 접했으니 특급 경계 태세에 들어섰을 것이다. 그런데도 뚫린다면 뭐, 죄 쓸모없는 인력들이니 갈아치우는 게 맞았다.

옷을 입은 김은채가 담배를 비벼 끄곤 자리에서 일어났다. 그러곤 은재를 커다랗게 팔을 벌려 꽉 안아준 후 떠났다. 그녀가 현관을 나서는데도 지영은 시선도 돌리지 않고 여전한 눈빛으로 텔레비전만 응시했다.

지잉!

지잉!

휴대폰이 다시 몸살을 알았다.

슬쩍 번호를 보니 황정만이었다.

지영은 받지 않았다.

한참을 울리다가 끊어지더니, 이번엔 송지원이었다. 지영은 이번에도 받지 않았다. 그리고 끊어지기 무섭게 또 폰이 울었다.

임수민이었다.

지영은 이번엔 전화를 받았다.

"응."

—어디야?

"집."

옆에 은재가 있고, 입술을 살짝 깨문 채 유선정이 은재의 옆에 앉아 있었지만 지영은 그냥 반말로 응대를 했다.

—지금 갈게.

"응."

임수민 온다는 건 말리지 않았다.

그녀는 지영과 같은 환생자. 분명 이 상황에서 도움이 될 사람이었다. 반대로 황정만과 송지원은 지금 지영과 엮이지 않는 게 좋았다. 이후 10분 정도 티비를 봤지만 아직 강상만 구출 성공이나, 생존 확인에 대한 속보는 나오지 않았다.

"지영아……."

은재의 얼굴이 아주 울상이 됐다.

속속 사람들이 피신하고 있는데 강상만의 이름이 나오질 않자 점차 불안해하고 있는 거다. 지영은 그런 은재의 손을 잡아줬다.

"걱정 마. 아버지 강한 분이라 이 정도 일에 지시진 않을 거야."

"그렇겠지……?"

"응. 며느리가 이렇게 불안해하고 있으면 어떡해? 무사히 오시면 환하게 웃어줘야 하는데?"

"호호… 그렇겠지?"

특유의 웃음 '호호'가, 마치 가수가 바이브레이션을 넣은 것처럼 떨려서 나왔다. 다시 뚫어져라 티비를 보기 10분, 현관문이 벌컥 열렸다.

"헉헉!"

급하게 달려왔는지 김지혜가 현관을 들어선 채 거친 호흡을 몰아쉬었다. 지영은 말없이 자리에 일어나 은재를 향해 한번 웃어준 후, 방으로 들어갔다. 김지혜는 옷매무새를 다듬은 후 바로 지영의 방으로 따라갔다.

가지고 들어온 종이컵을 책상 위에 올려둔 후 지영은 또 담배를 물었다. 목이 따끔했지만, 지금은 피우지 않고는 참을 수가 없었다.

치익.

"후우……."

벌써 네 개째.

담배 연기처럼 조금씩, 조금씩 속이 타들어가고 있음을 느꼈다. 냉정해지려 하고 있지만, 평정을 유지하려 하고 있지만 그게 조금씩 무너지고 있는 것도 느끼고 있었다.

"진짜… 짜증스럽다."

진짜 수뇌부까지 싹 다 죽여 버리고 올 걸 그랬나?

너무 성급하게 그 열사의 땅에서 되돌아온 건가?

불쑥 그런 생각이 들었다.

"정말 끝장을 봐야 했어야 했던 거냐……?"

김지혜가 앞에 있지만 지영은 혼잣말을 멈추지 않았다.

그만큼 지금 분노가 치밀어 올라와 있는 상태였다. 그리고 이 상태로 풀리지 않으면 지영은 또 홀연히 사라질지도 몰랐다.

"당하고만 사는 건… 성미에 안 맞으니 말이지……."

"……."

"후우……."

반 정도 피운 담배를 종이컵에 비벼 끈 지영은 김지혜를 바라봤다.

이 여자를 기다렸다. 물어볼 게 너무 많아서 말이다.

잠시간 김지혜를 응시하던 지영은 입꼬리만 피식 말아 올리며 입을 열었다. 아니, 열려고 했다.

"아버님은 무사하십니다."

지영은 그 말을 듣고도 어떤 대답도 내놓지 않았다. 그런 지영의 눈치를 살핀 김지혜가 다시 입을 열었다.

"대검찰청에 소속되어 있는 저희 정보요원이 지하 벙커로 내려가는 강상만 총장님의 모습을 확인했다고 조금 전에 연락을 해왔습니다."

"후우……."

지영은 그제야 안도의 한숨을 내쉬었다. 검찰청 내부에 벙커가 있다는 사실은 처음 들었지만 있어도 그리 이상할 건 없었다. 지금 당장 중요한 건 강상만이 무사하다는 사실 딱 하나뿐이었다.

하지만 강상만이 무사하다고 이 일이 전부 끝난 건 아니었다. 일단 테러는 벌어졌다. 지영에게 향했든, 강상만에게 향했든 일단 테러는 벌어졌고, 목숨을 위협받고 있다는 상황은 사실 아직도 끝나지 않았다.

그리고 지영은 김지혜에게 확실히 들어야 할 게 있었다.

"아까 낮에 올라올 때는 아무런 조짐도 없다고 하지 않았나요?"

"후……. 그건 확실합니다. 모든 밀입국 루트를 지켜보고 있었고, 전부 아무런 문제도 없었습니다."

"그럼 저 테러는 뭐죠?"

"지금 다방면으로 알아보고 있습니다. 그리고 확실치는 않지만… 국외의 테러리스트가 아닌, 국내 조직을 초점으로 움직이고 있습니다."

"국내요?"

지영은 인상을 찌푸렸다.

아직까지도 자살률, 암 사망률, 차 사고 사망률같이 안 좋은 것도 세계에서 1위지만, 반대로 총기규제로 인해 치안이 좋은 조사에서도 1위를 차지하는 게 바로 지금의 대한민국이었다. 그래서 총기로 인한 사고는 사실 년에 한 번 있을까 말까였고, 대다수의 범죄가 둔기나 칼 같은 무기에 의해서 일어났다.

그리고 그런 무기로 인해 일어나는 만큼, 범죄는 대다수가 치정이나 원한으로 인해 일어났다. 지금 대검찰청 테러처럼 거대한 사고? 그건 재해가 아니면 사실상 거의 없었다.

'생각해 보니 범행 성명 발표도 없었어.'

IS.

이 미친 인간들은 반드시 테러 전후에 범행 성명을 발표한다.

왜?

그놈들에게 명분 없는 성전은 절대로 없기 때문이다.

그런데 이번엔 조용했다.

지영은 바로 폰을 꺼내 범행 성명이 발표됐나 확인해 봤다. 하지만 아직까지 발표된 성명은 없었다. 테러가 벌어지고 벌써 한 시간이 넘어가고 있었다.

'이거 진짜…….'

국내에서 기획된 테러……?

"하……."

어이가 없어서 그런지 한숨이 흘러나왔다.

다른 것도 아니고 대한민국 한복판에서 테러가 벌어졌다. 그런데 그게 외국계 테러 단체의 소행도 아닌, 한국 내 조직이 기획하고 실행한 테러라고? 테러 안전국인 한국에서? 이건 진짜 기가 막힐 일이었다.

하지만 기가 막힌다고 또 가만히 있을 일은 아니었다.

"찾을 수 있어요?"

지영이 묻자마자 김지혜의 표정이 대번에 돌변했다. 자존심에 아주 제대로 타격을 입은 모습이었다. 애초에 김지혜와 지영의 관계는 서로 간에 협력하는 관계였다. 부뚜막은 내부 진통을 한번 앓고 양지로 나오기 위해 김지혜의 주모직을 박탈하고 지영에게 붙였다. 물론 그냥 붙인 건 아니었다.

암호를 어떻게 알았냐는 명분으로 접근해, 지영과 지영 주변의 사람들에게 뻔는 안 좋은 모든 것을 사전에 예방하게 해줄 정보를 주겠다는 딜을 걸었다. 그리고 그건 지금까지 제법 잘 지켜졌다.

저격 테러가 있었지만 그것도 김지혜가 한발 먼저 알려주는 바람에 극적으로 피할 수 있었다.

부뚜막의 정보력은 그것만으로도 사실 어느 정도 검증이

됐다고 지영은 생각했다. 그래서 이들의 정보력을 무시하지 않았다. 그리고 이들도 자신들의 정보력에 자부심이 있었다.

그런데 그게 이번 테러로 인해 아주 깔끔하게 박살 났다.

게다가 하필이면 지영이 끔찍하게 생각하는 가족에게 테러가 벌어졌고, 부뚜막은 이 정보를 사전에 입수하지 못했다.

이 모든 것들이 김지혜의 얼굴에 어마어마한 분노를 표출하게 만들었다.

"일주일… 일주일만 주세요."

"일주일이라……."

"그 안에 반드시 알아내겠습니다."

활활 불탄다는 표현이 딱 어울리는 김지혜의 눈빛에 지영은 고개를 끄덕였다. 이 이상, 그녀에게 뭐라고 하지 않기로 했다. 그리고 지영은 지영 나름 더 해야 할 일이 있었다.

지잉!

지잉!

다시 송지원에게 전화가 왔다.

지영은 이번에도 받지 않았다.

대신 담배를 하나 더 꺼내 물었다. 강상만이 무사하다는 소식은 들었지만 속이 답답해서 진짜 뭘 어떻게 할 수가 없었다.

치익.

"후우……."

"저는 이만 가서 조사에 착수하겠습니다."

"네. 부탁… 할게요."

"제가 해야 할 일입니다, 그럼."

꾸벅 인사한 김지혜가 먼저 방을 나섰다.

드르륵!

그녀가 나가자 지영은 창문을 활짝 열었다. 찬바람이 들어와 담배 연기와 냄새를 한데 모아 데리고 나갔다.

"하… 이번 삶은 참……."

어째 사건 사고가 너무 많이 터지고 있지만 지영의 이전 인생도 어차피 사건 사고가 끊이질 않았다.

이상하게 일을 몰고 다녔던 게 지영이었다. 그래서 이번 삶의 사건 사고들이 그렇게 특별한 건 아니었다. 하지만 그럼에도 지영은 지금 이 상황에 짜증을 느꼈다. 이유는 딱 하나였다.

'시대가 너무 달라…….'

그래서 컨트롤을 할 수가 없었다.

옛날 시대에는 지금처럼 과학이 발전하지 않아 운신의 폭이 엄청 넓었다. 카메라? 사진? 인터넷? 그런 과학 발전의 산물이 없었기 때문에 자유로웠다. 그러나 지금은 지영이 뭐만 하면 죄다 찍힌다.

서소정을 잃고 나서 처절한 복수전이 가능했던 것은 모두가 지영이 죽었을 거라 생각했기 때문에 집중 감시를 받지 않아 가능했던 거다. 하지만 지금은? 미국부터 일단 지영에게 감시의 시선을 거두지 않았을 거다.

한국 내에서도 마찬가지다.

대성과 치열하게 한판 했던 대기업부터 지영에게 정치적인 목적을 부여하고 있는 단체까지 지영을 예의 주시 하는 단체는 국내에도 꽤나 많을 것이다.

그래서 지영은 지금 이러한 상황들을 스스로 컨트롤할 수가 없었다. 이게 지금 지영을 굉장히 답답하게 하고 있는 이유 중 하나였다. 나름 노력한다고 하고 있긴 하지만, 그래도 뭔가 여전히 부실한 느낌이었다.

지영은 이러한 일들이 아예, 정말 아예 안 일어나는 상황이 되기를 바라고 있었다.

"야! 강지영! 너 이놈 시끼 어디 있어!"

생각을 확 막아버리는 날카로운 고함이 거실에서 들려왔다. 누군지 굳이 생각해 볼 필요도 없었다. 이 집 안에 이렇게 자유롭게 드나들면서, 저렇게 거친 입을 가진 여자는 딱 한 명밖에 없었다. 담배를 끈 지영은 탈취제를 뿌리고 밖으로 나갔다.

"엥?"

그러곤 멍청한 탄성을 흘릴 수밖에 없었다.

웬 머리에 폭탄을 터뜨린 여자가 거실에서 씩씩거리고 서있었다. 옷도 자다가 나왔는지 잠옷 차림에 코트 하나만 걸치고 있었다. 얼굴? 당연히 생얼이었다.

“누나, 꼴이 그게 뭐예요?”

“야! 너 이씨! 왜 전화 안 받아!”

“통화 중이었어요.”

“아니던데! 통화 중 아니었는데!”

지영은 일단 송지원을 달래기로 했다. 그녀를 밀어 은재의 옆에 앉혀놓고는, 은재를 보며 말했다.

“아버지 무사하시대.”

“어? 진짜?”

휙!

우울하던 은재의 눈빛에 순식간에 화색이 돌았다. 그리고 그건 송지원도 마찬가지였다.

“응. 좀 전에 연락받았어.”

“아버님한테?”

“아니. 아는 사람한테.”

“아… 흐흐.”

은재는 그냥 강상만이 무사하다는 말이 좋았는지 특유의 웃음을 흘렸다. 그런 은재의 머리를 쓰다듬어 준 지영은 송지원을 바라봤다.

"들었죠?"

"그래. 무사하시다니까 진짜 다행이다……. 근데 왜 전화 안 받았냐니까?"

"아, 이 누나 참 끈질기네. 여기저기서 연락 오는 거 받느라 정신없어서 못 받았어요. 저도 좀 당황하기도 했고. 됐죠?"

"그래, 됐다. 우쭈쭈, 우리 은재… 걱정 많았지?"

대번에 이해했는지 바로 은재를 안아 자신의 품으로 당겨 다독이는 송지원을 보며 헛웃음을 터뜨렸다. 요즘 들어 감정의 기복이 꽤나 심한 그녀였다. 지영은 꺼놨던 텔레비전을 다시 켰다. 잠시 뒤 켜진 화면에는 여전히 불길과 연기에 쌓인 서초구 대검찰청의 모습을 담고 있었다. 하지만 강상만이 무사하다는 소식은 자막으로도 나가지 않고 있었다.

'혹시 모를 추가 테러 때문에 숨기는 건가?'

그렇다면 나쁘지 않았다.

오히려 생사가 불분명해야 테러범들도 함부로 움직이지 못하기 때문이었다.

지잉.

지잉.

액정을 들여다보니 임미정이었다.

지영은 방으로 들어가서 얼른 전화를 받았다.

"네, 저예요."

—지영이니? 지금 어디니?

인사를 하기 무섭게 다급하면서도, 안도감이 깃든 임미정의 목소리가 건너왔다.

"저 집에 있어요. 은재랑 지원 누나도 같이 있고요."

—그래? 다행이다……. 티비 봤지?

"네. 지금 보고 있어요."

—아버지 지금 전화 왔거든? 안전한 곳으로 피신하셨다니까 너무 걱정하지 마!

알고 있는 일이지만, 지영은 이제 들은 것처럼 행동하기로 했다.

"진짜요? 하아……. 다행이다."

—응응! 엄마도 바로 그쪽으로 움직일 것 같아! 지연이도 같이 움직일 거니까 지영이 넌 오늘 집에서 꼼짝도 하지 말고 있어야 돼!

"네, 그럴게요."

—그래그래. 아버지 전화 또 온다. 엄마 끊을게!

"네, 조심하세요."

—그래! 사랑해, 아들!

"네, 저도……."

뚝.

미처 대답해 주기도 전에 전화가 끊겼다. 잠시 폰을 들여다 보던 지영은 다시 거실로 나왔다.

"누구야?"

"어머니요. 아버지 있는 쪽으로 움직이신다고 하니 오늘은 못 들어오시겠어요."

"그래? 흠… 그럼 내가 가장 어른으로서 여기에 있어야겠군!"

피식.

가장 어른은 송지원이 아닌, 유선정이다. 하지만 지영은 굳이 그걸 수정해 주지 않았다. 그래도 고마운 사람이었다.

저 꼴을 봐라.

산발한 머리에 옷도 잠옷을 입고 날아왔다.

이 모든 게 지영에 대한 걱정으로 인한 행동이었다. 어찌 지영이 그걸 모를까. 그리고 지금도 그렇다. 그녀는 은재의 옆에 꼭 붙어서 걱정했던 은재의 마음을 풀어주고 있었다. 그래서 지영은 송지원에게 항상 고마웠다.

"오늘은 은재랑 자면 되겠네요."

"그래야지!"

띵동.

띵동.

송지원이 대답하기 무섭게 다시 인터폰이 울었다. 지영이 가서 확인해 보니 선글라스를 낀 여인이 화면 가득 잡혔다. 하지만 누군지 알기에 지영은 바로 문을 열었다. 화면 너머에서 지잉! 하는 소리와 함께 문이 열리고, 선글라스의 여인이 안으로 들어섰다.

이삼 분 뒤 현관문이 열리고, 짙은 회색 코트에 청바지, 부츠로 코디를 한 임수민이 들어섰다.

"누구… 어? 수민 언니!"

"지원이 왔… 꼴이 그게 뭐니?"

"하하, 좀 급하게 오느라……."

"어이그, 아무리 그래도 그렇지 여배우라는 게 그 꼬락서니로 돌아다니고 싶니?"

"오늘은 좀……."

"오늘이고 뭐고, 얼른 들어가서 정리부터 하고 와. 이따 또 대문 앞에 기자들 엄청 몰릴 텐데 사진 잘못 찍히면 너 평생 굴욕샷으로 남는다."

여배우의 숙명이었다.

의도된 민낯과 옷차림이 아니라면 언제 어디서든 항상 미모를 유지해야 하는, 절대 놓을 수 없는 숙명이었다.

"네……."

송지원은 선배인 임수민의 말에 찍소리도 못 하고 은재의 손을 놓고는 그녀의 방으로 들어갔다.

"걱정 많았지?"

그리고 그 자리를 임수민이 앉았다.

그러면서 은재를 다독이는데, 확실히 송지원과는 다르게 은재를 안심시켰다. 30분 뒤에 송지원이 다시 말끔한 모습으로 나오자 임수민은 자리를 비켜주면서 지영에게 눈치를 슬쩍 줬다.

"얘기 좀 하고 올게."

"응!"

지영은 다시 방으로 들어왔다.

딸깍.

방문이 닫히자 임수민은 지금까지의 인자하던 표정은 휙 벗어던지고, 싸늘하게 굳은 눈빛과 표정으로 지영을 돌아봤다.

물론 그 표정과 눈빛이 지영 때문에 변한 게 아니었다. 그녀에게는 다른 이유가 있었다.

"후우……."

한숨을 내쉰 그녀가 지영에게 물었다.

"알아봤어?"

"응, 근데… 아이에스는 아닌 것 같아."

"그쪽 아니라고? 증거는?"

"성전 성명 발표가 없었잖아?"

"아……."

지영의 대답에 임수민은 바로 탄성을 흘리며 고개를 끄덕였다. 수없이 많은 세월을 살아온 그녀도 잘 알고 있었다. 이슬람 테러리스트들에게 명분 없는 테러는 없다는 것을 말이다. 명분은 그들의 존재 자체를 받쳐주는 중요한 기둥이다. 물론 그렇다고 그 명분이 타당한 것은 절대로 아니다.

오직 그들만이 가진, 그들만 이해하는, 개떡 같은 명분을 만들어 발표한다. 이러한 사실을 이 두 사람은 너무나 잘 알고 있었다.

"그리고 더 있어."

지영의 말에 임수민의 고개가 올라왔다.

눈빛엔 빨리 말해보란 감정이 아주 적나라하게 담겨 있었다.

"부뚜막 알지?"

"알지. 거기 주모를 했던 적도 있으니까."

"거기 통해서 알아봤는데… 밀입국 루트로 들어온 테러리스트도 없고, 밀반입된 폭탄물도 없어."

"……."

지영의 말에 임수민의 미간에 한일자가 획! 하고 갔다. 그녀도 지영이 한 말의 뜻을 바로 깨달아 버린 것이다.

"그럼… 이게 국내에서 기획된 거라고?"

"아마도……."

"이런 씨발……."

임수민의 입에서 거친 욕설이 터져 나왔다.

지영은 물론 그녀가 욕을 뱉은 이유를 잘 알진 못한다. 서로가 어떤 존재인지는 알고 있고, 이 저주의 사슬을 끊으려고 협력하고는 있지만 전생에 뭘 했는지까지, 뭘 추구하며 살았는지 등등은 서로 관여하지 않기로 했기 때문이다.

"내가 이번 생에 이 나라에서 태어나서 가장 신경 쓴 게 뭔지 알아?"

"알 턱이 있나."

"범죄."

"음?"

지영은 잠시 고개를 갸우뚱했다.

뭔 말인지 이해가 바로 안 됐기 때문이다.

"어렸을 적, 내 바로 위 친언니가 인신매매를 당했어. 눈앞에서 봉고차에 태워 사라지는데 우리 가족은 손도 못 써보고 언니를 잃었지. 물론, 지금까지 찾지 못했고. 그때 다짐했지. 아… 이 나라에서 범죄 좀 없애야겠구나. 그래서 조용히 조직을 결성했어. 자금이야 뭐, 이것저것 파다가 경매에 팔았고."

"……."

그녀라면 사실 국보급 이상의 보물들의 위치를 최소 몇십

개는 알고 있을 것이다. 그런 걸 파다가 경매에 올리면? 부자가 되는 건 순식간이었다. 그리고 사실 지영도 등장만으로도 전 세계의 이목이 모조리 쏠릴 만한 보물의 위치 몇 개쯤은 알고 있었다.

"그렇게 조직을 만들어서 서울, 인천, 부산 등 밤거리를 장악했어. 들어봤지? 칠성회라고."

"아……."

"내가 거기 대모거든."

칠성회.

서울은 물론 대한민국의 밤거리를 장악한 조직의 이름이다. 하지만 이 조직은 뭔가 좀 달랐다. 일단 불법적인 일은 절대로 하지 않았다. 보통 조폭하면 떠오르는 고금리 사채, 인신매매, 마약, 총기 거래 등은 일절 금지시켰다.

대한민국의 치안?

칠성회가 한몫하고 있다고 해도 과언이 아니었다. 이들은 특히 1990년 초에 대통령이 직접 지시한 범죄와의 전쟁에서도 피해간 유일한 조직이었다.

"어쨌든 내가 그렇게 조직을 만들고 강력 범죄 조직은 모조리 쳐냈어. 특히 인신매매나 마약 조직은 뿌리부터 뽑아버렸지. 물론 쉽지는 않지. 단속해도 나도는 게 마약이고, 하지 말라면 더 하고 더 하고 싶은 게 인간의 심리니까……. 하지만 그럴수록 더 잔인하게 처단했지. 그렇게 이 나라 밤거리를 좀 살 만한 곳으로 만들었는데……."

피식.

실소를 흘리는 임수민의 얼굴에 명백한 분노가 깃들어 있었다.

"테러를 일으켜……? 그것도 폭탄 테러를?"

"어째 나보다 네가 더 열받은 것 같다?"

"감히 내게 도전한 거나 마찬가지니까. 국내에서 기획된 거라면… 잡을 수 있지. 기다려 봐."

폰을 꺼낸 그녀는 바로 어딘가로 전화를 걸었다.

뚜루루 소리가 몇 번 가기도 전에 상대가 전화를 받았다.

"만택아, 나야."

—네, 누님! 강녕하셨습니까!

"됐고. 텔레비전 봤지?"

—테러 말씀이십니까? 안 그래도 지시 내려놨습니다.

"얼마나 걸릴 것 같아?"

—대한민국 땅에서 저질렀으면… 일주일도 깁니다, 누님.

일주일.

김지혜도 일주일이면 충분하다고 했다.

어쩌면 칠성회도 부뚜막과 어느 선에서는 연계를 하고 있는 게 아닌가 하는 생각이 지영의 머릿속을 스쳐갈 때쯤, 임수민이 다시 입을 열었다.

"길어. 사 일 내로 알아내."

—네, 누님! 저 그리고 누님…….

"왜?"

—그, 철상이 형님이 꼭 한번 찾아뵈었으면…….

"헛소리 말고 끊어."

뚝.

전화를 끊은 임수민은 '후우' 또 한숨을 내쉬었다.

"사 일. 사 일만 기다려."

"믿음직하네."

"그리고 미리 묻고 싶은 게 있는데, 어떻게 하고 싶지?"

"응?"

"이놈들 찾으면. 시리아에서처럼 쫓아가서 다 죽일 수도 없는 노릇이잖아."

"……."

지영은 그 말에 쓴웃음을 머금었다. 지금의 지영에게는 제약이 정말 너무나 많았다. 그리고 그걸 임수민도 알았다. 지영은 이번 테러를 일으킨 놈들을 그냥 두고 싶은 생각은 없었다. 그렇다고 폭력을 사용할 수도 없었다.

하지만.

이 시대에는 폭력 말고도 개인이나 단체를 무너뜨릴 수 있는 방법은 매우 많았다. 특히 그중 하나가 바로, 지영과 은재, 그리고 가족들을 지긋지긋하게 괴롭혔던 언론이다.

"정 팀장한테 맡길 생각이야."

"정 팀장한테? 아아, 회사를 이용할 생각이구나."

"응."

정순철과 정순철이 소속된 회사라면 지영이 작은 거 하나만 던져줘도 알아서 상대를 완전히 박살 낼 것이다. 그리고 특히 지금 그들은 테러 때문에 독이 잔뜩 오를 대로 오른 상태였다. 아마 이번 사태가 마무리되면 옷을 벗는 회사 간부들이 꽤나 나올 것이다.

"그래도 뒷맛이 좀 찝찝하겠네."

"아무래도… 그렇겠지."

원래 지영은 자신의 일을 남에게 넘기는 스타일이 아니었다. 자신에게 들어오는 모든 안 좋은 일들은 스스로 처리했다. 그래서 서소정의 복수도 스스로 해결했다. 하지만 지금은 이목이 너무 쏠려 있었다.

벌써부터 언론이 강지영을 타깃으로 잡고, 그 주변을 노린 테러가 아니냐는 말까지 나돌고 있었다. 이런 상황에 지영이 직접 움직인다? CCTV 세계 최강국 한국에서는 정말 어림도 없는 일이었다.

"주모자는 그렇게 하고, 그 밑에서 도운 조력자들은 내가 알아서 할게. 그건 괜찮지?"

"물론."

임수민에게 맡기면 결과가 어떻게 나올지야 사실 뻔하다. 싱긋 웃는 그녀의 미소에는 분명히 명백한 분노가 스며들어 있는 상태이니 말이다.

"그럼 여기까지 하고… 난 이만 갈게."

"고맙다."

"별말씀을. 같은 동족끼리인데."

피식.

피식.

그 말에 두 사람이 동시에 실소를 흘리고는 밖으로 나갔다. 아니, 나가려고 했다. 임수민이 재차 입을 열지 않았으면 말이다.

"맞다. 영화는 어떻게 하게?"

"아… 맞다, 영화."

영화는 이제 후반부만 남겨놓은 상태였다.

길어야 삼 주? 사 주? 아무리 늦어도 한 달이면 모든 촬영이 종료되고도 남았다. 하지만 지금 이런 일이 터져 버렸으니 지영의 운신이 굉장히 불편해져 버렸다. 촬영을 집에서는 할 수 없으니 촬영에 대한 애로 사항이 아주 활짝 꽃펴 버렸다.

"그것도 일단 나중에. 네가 이민정 감독이랑 정만 형님한테 연락해서 수습 좀 해줘. 길게 안 걸릴 거라고 해주고."

"오케이. 찍어도 일단 수습은 하고 찍어야지. 알았어. 난 이만 간다."

"그래, 부탁한다."

덜컹.

문을 열고 나간 임수민은 소파에서 송지원과 도란도란 얘기 중인 은재에게 가볍게 인사를 하고는 바로 집을 나섰다.

"무슨 얘기했어?"

"그냥… 영화부터 시작해서 이런저런 얘기? 수민 누님이 생각보다 정재계에 아는 사람들이 많아서 이번 일 도움 좀 받게."

"아아, 그 언니 그런 것 같았어. 저번에 전화 받을 때 들었는데 검사님, 의원님, 그랬어."

"그래? 누나는 그런 인맥 없어요?"

지영은 슬쩍 화재를 송지원에게 돌렸다.

그러자 송지원은 고개를 도리도리 저었다.

"알잖아, 나? 연기에만 미쳐 있던 거."

"아아. 그랬죠."

"지금은 은재한테 미쳐 있고. 아구구! 귀여운 것!"

"으잉……."

이제는 좀 지쳤는지 은재는 울상을 지은 채 지영에게 손을 뻗었다. 하지만 그렇다고 또 싫은 기색이 만연한 건 아닌지라 지영은 그냥 웃고 말았다.

"저녁은 어떻게 할까요?"

귀신처럼 다가온 유선정의 말에 지영은 잠시 고민에 잠겼다. 사실 밥 생각은 별로 없었다. 하지만 끼니를 거르는 건 참 미련한 짓이란 걸 아는 지영인지라, 생각이 없어도 체력을 위해 먹기로 했다.

"오늘은 어째 소화가 안 될 것 같으니까 부담스럽지 않은 식단으로 좀 챙겨주세요."

"네, 도련님."

지잉.

지잉.

전화가 참 쉬지도 않고 울렸다.

꺼내서 확인해 보니 정순철의 이름이 떠 있었다. 지영은 잠시 고민했지만 이내 전화를 받았다.

"네, 강지영입니다."

—지영 씨. 지금 집에 있습니까?

"네, 그런데요?"

—지금 가고 있습니다. 잠시 얘기 괜찮습니까?

"물론이에요. 얼마나 걸리세요?"

—이십 분쯤 걸릴 것 같습니다.

"네, 그럼 도착하면 문자 주세요. 바로 나갈 테니까."

—네.

전화를 끊고, 주방에서 달달한 냄새가 나기 시작하자 어느새 20분이 지났다. 정순철에게 도착했단 메시지를 받은 지영은 바로 밖으로 나갔다. 항상 얘기하던 곳으로 걸어가는 지영은 힐끔 주변을 살폈다.

'아따… 많이도 배치했네.'

숨기고 있긴 하지만 앞집은 물론 옆집의 정원에 있는 사람들 전부가 회사원들이었다. 게다가 건너편 옥상에도 회사원들이 대기하고 있었다. 겉모습으로는 홈 캠핑이라도 하는 것처럼 꾸며놨지만 이 추운 날 캠핑 자체가 말이 안 된다.

덜컹.

지영이 도착해서 담배를 꺼내기 무섭게 정순철이 대문을 열고 안으로 들어섰다. 그는 센스 있게 손에 캔 음료 두 개를 들고 있었다.

치익.

치이익.

비슷하지만 다른 두 개의 소리가 났고, 하얀 연기가 뭉게뭉게 피어올랐다. 지영은 정순철이 할 말이 있다는 걸 알고 있지만 굳이 먼저 묻진 않았다. 담배를 다 피워갈 때쯤, 정순철이 말문을 열었다.

"아버님은 무사하십니다."

"그 정도는 저도 알고 있어요. 어머니한테 연락도 받았고."

왜일까?

고생해 주는 걸 잘 알고 있는데 이상하게 말이 좀 날카롭게 나갔다. 그래서 지영은 고개를 절레절레 젓고는 자기 뺨을 몇 대 찰싹찰싹 소리가 나게 때렸다. 아무런 죄도 없는 사람에게 화풀이하지 않기 위해 정신을 일깨우는 행동이었다.

"미안해요. 정 팀장님 고생하는 건 잘 아는데……."

"아닙니다, 하하. 그럴 수 있죠."

"감사합니다. 어떻게 된 건지는 알아보셨어요?"

"네, 음……. 지영 씨도 따로 통하는 정보통이 있으니 대충 예상은 했겠지만 이번 일, 이슬람 테러리스트 짓은 아닌 것 같습니다."

"네. 거기까진 파악하고 있어요."

"얘기가 빨라 좋네요, 하하. 자… 그렇다면 남은 건 몇 군데 안 남습니다. 그리고 저희는 지금 양수철 의원을 의심하고 있습니다."

"양수철… 의원요?"

그 말에 지영은 대번에 인상을 찌푸렸다.

양수철.

4선 국회의원이면서, 현 야당의 실세 중 하나인 인물이다.

그리고 그는 이번에 대기업 비리에 연루되어 있는 의원 중에 한 명이기도 했다.

"국회의원이… 말이 되나요?"

그래, 돈 받아먹고, 비리를 저질렀다고 치자. 하지만 그 형량과 테러를 일으켰을 때 받을 형량은 아예 차원이 달랐다. 게다가 벌써 사망자가 넷이나 나왔다. 모두 폭발물 근거리에 있던 사람들로 폭탄이 터지는 순간 그 자리에서 즉사했다는 보도였다.

그런 짓을 계획했으면 어떤 직위에 있든 앞으로의 인생은 끝장났다고 보는 게 맞다. 일고의 여지도 없이 말이다.

그래서 아무리 국회의원이라고 한들, 극단적인 상황은 항상 피하게 마련이다. 하지만 양수철의 이름을 꺼낸 정순철의 표정은 지극히 담담했다. 장난기라고는 정말 조금도 찾아볼 수 없는 그가 다시 입을 열었다.

"회사에서 파악한 내용으로는 지금 대검에서 확보한 양수철 의원, 김중산 의원, 이순례 의원, 박철 의원의 비리, 범죄에 대한 증거가 더 있습니다."

"뇌물 수수가 전부가 아니란 소린가요?"

"네, 살인 교사, 강간, 성상납, 마약 밀매, 부동산 투기 등등… 아직 더 있습니다."

"……."

히야……. 이런 미친 인간들을 봤나.

지영은 그 말을 듣는 순간 고개를 절레절레 저었다.

뇌물 수수만 해도 정치 인생에 치명적인 독으로 작용할 건데 거기에 살인 교사, 강간, 성상납에 마약 밀매까지 했단다.

"부동산 투기가 어째 아주 경범죄처럼 느껴지네요."

"저도 그렇습니다. 인간의 탈을 쓰고 어찌……."

지영은 저 죄목들을 들으니 이번 테러가 어째 수긍이 갔다. 지금 정순철이 말한 범죄들의 증거만 확실하면 넷의 인생은 완벽하게 끝장난다. 평생을 구치소에서 살아야 할 거다. 아니, 아마 그 이전에 누군가에 칼침을 맞고도 남았다.

"어차피 뒤가 없었단 소린가……."

"네, 맞습니다. 어차피 증거가 확실하고 영장이 발부되는 순간 그들의 인생은 끝입니다. 그러니 모든 걸 버리고도 그 전에 막을 필요가 있었던 겁니다."

"그게 대검 폭탄 테러……."

"……."

일리가 있었다.

'그래서 검찰총수면서도 사건을 직접 지휘하신건가……? 사안이 이렇게 커서?'

솔직히 검찰총수가 진두지휘하는 수사라니, 극히 이례적이란 말이 언론에서 나돌긴 했었다. 그뿐만이 아니라 언론에서도 야당을 향한 탄압이다 뭐다 말도 많았었다. 하지만 정순철의 말을 듣고 나니 이해가 갔다.

강상만과 양수철을 포함한 의원들은 그야말로 일생을 건 전쟁을 치르고 있었다.

'그리고 승리의 여신은 아버지의 손을 잡고 들어 올리고 있었지.'

같이 잡아주긴 했지만 자신의 손이 올라가지 않을 거라는 걸 예감한 양수철은 결국 극단적 선택을 했다.

이래 죽으나 저래 죽으나 어차피 똑같으니 손해 볼 것도 없었을 것이다. 막다른 구석에 몰렸으니 나중을 생각할 여유도 없었을 것이다.

대한민국에 테러가 벌어진 배경에는 극소수만 아는 이러한 이유들이 은밀하게 깔려 있었다.

"기가 막히네요."

지영은 옛날이나 지금이나, 같은 악마라도 권력을 잡은 자들이 훨씬 지독한 악마라는 사실은 변하지 않았다고 생각했다.

"철저하게 점조직으로 흩어져 은밀하게 움직여서 겨우겨우 잡은 증거들이라고 합니다. 그리고 이것도 몇 년 전 칠성회가 신흥 인신매매단 거처를 급습해 정보를 얻지 못했으면 아직도 저들을 잡을 수 있는 길은 없었을 겁니다."

"칠성회……."

여기서도 나온 이름에 지영은 그냥 조용히 미소 지었다.

주먹을 쓰는 자들의 모인 곳이지만 임수민에게 듣기로는 이들만큼 의로운 이들도 또 없었다. 마치 현대판 활빈당(活貧黨)같은 곳이었다. 많은 사람들은 활빈당이 소설 속에 존재하는 의적단인 줄 알지만 실제로 존재했던 단이었다.

그 수와 목적이 비록 베일에 싸여 있지만 말이다.

어쨌든 칠성회는 그런 곳이었다.

"어쨌든 이러한 사실들이 있어 지금 양수철 의원을 수배 때려놓은 상태입니다. 아마 검거하고 신문하다 보면 좀 더 정확하게 알 수 있을 겁니다."

정순철의 말에 지영은 잠시 생각하다가, 하늘을 올려다봤다. 마침 머리 위로 비행기 한 대가 중후한 굉음을 내며 지나가고 있었다.

"팀장님."

"네?"

"만약 저였다면 테러를 실행하는 시간에 맞춰 국외로 도피했을 겁니다."

"하지만 양수철을 포함한 사 인은 모두 출국 금지 명령이 내려진 상태입니다."

피식.

가끔가다가 보여주는 이런 허술함이 오히려 정순철을 좀 더 인간답게 보여주고 있었다. 아니, 사실은 틈이 좀 많은 사람이었다.

"테러까지 일으키는 놈들이 위조 여권은 법에 어긋나니 안 쓸 거라고 생각하시는 건 아니죠?"

"……."

"인신매매를 하는 놈들이 밀입국 루트 하나 없을 거라는 순진한 생각을 하시는 것도 아니죠?"

"하하……."

정순철은 그냥 웃었다.

지영은 그 웃음에 난처함과 다급함이 섞여 있는 걸 알 수 있었다. 웃음을 멈춘 그는 '잠시 전화 좀'이라고 말하고는 어딘가로 바로 전화를 걸었다.

"어, 나야. 위조 여권, 밀입국 루트 죄다 막아버려. 벌써 테러가 벌어진 지 두 시간 지났으니까 어쩌면 벌써 비행기 탔을 수도 있어. 자택부터 시작해서 공항 가는 루트, 공항 내 씨씨티비까지 싹 뒤져. 그래, 지금 바로!"

전화를 끊은 정순철을 보며 지영은 아무런 말도 하지 않았다. 사람이다. 사람이 일을 하다 보면 틈을 보이게 마련이다. 게다가 이번엔 테러라는 전대미문의 사건이 벌어졌기 때문에 정신이 잠시 가출하기도 했을 거다.

이 정도는 이해할 수 있는 선이었다.

“죄송합니다. 제가 너무 정신을 놓고 있었네요, 하하.”

“아니에요. 테러……. 누구나 그렇게 되죠. 저도 처음에는 그랬는데요, 뭐.”

“하하…….”

지영의 담담한 말에 정순철은 난처하게 웃고는 다시 담배를 하나 입에 물었다.

“후우…….”

연기를 다시 길게 내뿜은 정순철이 지영을 보며 다시 입을 열었다.

“아무튼 이번 일, 이제 너무 걱정 안 하셔도 될 겁니다. 국내 파트 전 회사원과 독이 바짝 오른 검찰들이 아예 이 잡듯이 뒤질 겁니다. 장담하는데 사흘이면 아마 범인을 뉴스에서 보실 수 있을 겁니다.”

“그건 다행이네요.”

그렇게만 된다면 이번 사태는 아주 깔끔히 정리가 될 것이다. 이어 10분쯤 더 대화를 나누고 정순철이 집을 나섰다. 지영은 메시지로 양수철의 이름을 적어 김지혜와 임수민에게 각각 보내곤 다시 집으로 들어왔다.

집안은 고소한 냄새로 가득했다.

이미 먼저 식사를 하고 있던 송지원은 지영이 의자에 앉자

입안에 있던 음식물을 급히 넘기곤 물어왔다.

"뭔 얘기를 그렇게 오래해?"

"아버지 일 때문에요."

"그래? 오늘 안 들어오신다고 했지?"

"네. 당분간 그쪽에서 따로 경호받으신대요."

"흐음……. 그럼 나 아버님 오실 때까지 여기서 있어도 되지?"

"안 된다고 하면 집에 갈 거예요?"

"아니? 후후. 아, 미안. 이건 통보야. 허락을 맡는 게 아니라, 후후후!"

"…밥이나 먹어요."

유선정이 따끈한 국과 밥을 가져다 줬다.

김이 모락모락 올라오는 밥을 보자 두 분은 식사는 하셨을지 걱정이 됐다. 그런데 정말 타이밍이 기가 막히게도 바로 폰이 지잉, 지잉 울어댔다. 하루 종일 울어대는 폰이라 지칠 만도 하지만 지영은 이름을 확인하곤 또 벌떡 일어났다.

"누구?"

은재가 눈을 동그랗게 뜨고 물었다.

"아버지."

"나나, 통화 다 하면 나도 바꿔줘!"

"응."

지영은 바로 통화 버튼을 눌렀고 자연히 식사는 멈췄다.

"네, 저 지영이에요."

—아버지다.

"네. 몸은 괜찮으세요?"

—바로 대피해서 어디 다친 곳은 없구나.

"후… 진짜 다행이에요."

—걱정할까 봐 전화했다.

"연락은 어머니한테 따로 받았었어요."

—그래. 네 엄마도 지금 여기 와 있다. 우린 며칠 여기서 있다 갈 것 같으니까 너무 걱정 말아라.

"네. 참, 식사는요?"

—막 먹고 연락한 참이다. 너도 끼니 거르지 말고 잘 차려 먹어라.

"네, 알겠어요. 은재가 바꿔달래요."

—그래.

지영은 폰을 은재에게 건넸다.

은재는 폰을 받고 '여보세요……?' 하고는 '이잉…' 울기 시작했다. 지금 송지원과 지영, 그리고 유선정이 있어서 그나마 담담했던 거지, 원래는 정말 놀랐다. 그걸 겨우겨우 참고 있다가 강상만의 목소리를 들으니 눌러놓고 있던 게 바로 터져 버렸다. 지영은 그런 은재를 가만히 바라봤다.

어차피 옆에서 송지원이 다독여 주고 있어서 지금은 그냥 앞에 있어주는 걸로도 충분했다.

"네네, 이잉……. 지, 지금 먹고 있어요……. 아빠, 괜찮은 거 맞죠……? 네, 네. 잉……."

딱 봐도 무슨 대화를 하고 있는지 금방 이해가 갔다.

1분도 안 되서 전화를 끊은 은재가 빨개진 눈을 비비며 폰을 건네줬다.

"에헤헤, 미안……. 밥상에서……."

"뭘 그런 말을 해? 가족끼리 당연히 걱정하는 건데."

"흐흐, 고마워."

"얼씨구, 별게 다 고맙다!"

송지원의 말에 셋은 웃음을 터뜨리곤 이어서 식사를 했다. 몇 시간 전과는 확실히 분위기가 달랐다. 지영은 어쩐지 하루도 반나절 만에 천국과 지옥을 오간 느낌을 받았다.

'이번 생도 참…….'

버라이어티하다.

식사를 마친 뒤 거실에서 차를 마시며 얘기를 나누다 11시쯤 두 사람이 방으로 들어가자 지영도 샤워를 하고 나와 침대에 누웠다. 하루다, 하루. 근데 이 하루 동안 진짜 많은 일이 있었다.

하지만 그래도 마무리가 잘되어 다행이라고 생각할 때, 또 전화가 울렸다.

지잉.

지잉.

임수민이었다.

"응."

—나야. 지금 시간 돼?

"지금……?"

빡!

빠각!

우직!

와장창!

온갖 소리들이 폰 건너편에서 넘어왔다.

"뭐야, 뭔 소리야?"

—폭탄 만든 놈들 아지트를 찾았거든.

"뭐……?"

지영은 상체를 벌떡 세웠다.

몇 시간도 지나지 않았는데 벌써부터 찾았다는 게 솔직히 믿기지 않기는 했지만 천하의 임수민이 거짓말을 할 이유는 하나도 없었다.

"벌써 찾았어?"

—조직원들 중 하나가 대한민국에서 역사적인 일을 한다며

인터넷 커뮤니티 여기저기에 글을 남겼더라고. 역으로 파서 들어왔지.

"…대단하네."

—시간 돼? 괜찮으면 넘어오지?

"어딘데?"

—인천 검단.

"음……."

거리야 멀지 않다.

하지만 지영이 움직이면 고생할 사람들이 너무나 많다. 그래서 잠시 고민이 됐지만 그래도 범인 얼굴을 보고 싶은 마음을 미안한 마음이 이기진 못했다.

"지금 움직일게. 근데 정 팀장이랑 같이 가도 될까?"

—응, 괜찮아. 우리 애들이랑도 안면 있을걸.

"알았어. 지금 바로 출발할게. 주소 찍어서 보내."

—오케이.

전화를 끊은 지영은 잠시 폰을 보다가 피식 웃었다.

하루도 안 됐다.

그런데 임수민은 테러를 도운 단체의 기지를 몇 시간 만에 찾아냈다. 심지어 부뚜막과 회사도 아직 찾지 못했는데 말이다. 지영은 바로 일어나 옷을 입으면서 정 팀장에게 전화를 걸었다.

—네, 지영 씨.

"그놈들, 찾았습니다."

임수민이 찍어준 장소에 도착한 건 1시간이 좀 더 지났을 때였다. 정순철이 직접 운전하는 차에서 내린 지영을 환하게 불이 켜진 공장의 입구가 반겼다. 지영은 가만히 그 입구를 바라보다가 안으로 들어갔다.

불이 환하게 켜진 공장은 물류 창고인지 크고 작은 박스가 블록처럼 주변에 가득 쌓여 있었다. 안으로 더 들어가자 정장을 입은 사내들이 한두 명씩 보이기 시작했다. 지영은 신기하게도 그들에게서 조직폭력배에게 느낄 법한 기세를 하나도 느끼지 못했다.

'이들은 건달이 아니라 무사(武士)군.'

조직이 아니라, 무사 집단이라는 게 칠성회에 대한 설명으로 더 어울릴 거라는 생각이 이들을 보자 곧바로 뒤따랐다.

슥.

가장 앞에서 경계를 서던 30대 사내가 지영을 보자 한 발자국 뒤로 물러났다. 그 물러남에는 조금의 비굴함도 없었다. 오히려 예의가 갖춰져 있었다. 아마 사전에 임수민에게 얘기를 들은 게 분명했다.

"어, 준성이 아니냐?"

"오랜만입니다, 정 대위님."

그냥 지나가려고 했는데 정순철이 그 사내를 알아봤다. 잠시 놀란 눈으로 준성이란 사내를 보던 정순철은 이내 허탈한 웃음을 흘렸다.

"내가 그렇게 오라고 오라고 해도 안 오더니, 결국 여기 들어온 거냐?"

"죄송합니다."

"허, 허허……. 아니다, 됐다. 어디 있든 국민만 지키면 되는 거 아니겠냐."

"하하, 정 대위님이라면 이해해 주실 거라 생각했습니다."

"전역한 지가 언젠데 대위야? 편하게 형이라 불러. 직급으로 부를 거면 팀장이라고 부르고."

"알겠습니다, 팀장님."

사적인 자리가 아닌 공적인 자리인지라 그는 바로 팀장이라고 호칭을 바꿔 불렀다. 지영이 기다리고 있어 수고하라고 어깨를 툭툭 친 정순철은 걸음을 떼다 말고 다시 고개를 돌려 물었다.

"혹시 김은송이도 여기로 왔냐?"

"죄송합니다. 그건 좀……."

"왔구나. 에휴, 알았다. 수고해라."

그는 고개를 절레절레 저은 후에야 걸음을 뗐다.

"아는 사람인가 봐요?"

"회사 들어오기 전에 저랑 일 년 정도 같이 일했던 녀석입니다. 들어올 때부터 이미 총기며 근접 격투며 완벽하게 익히고 들어온 놈이라 회사에 들어와서 적극 영입하려고 했는데 실패했습니다. 왜 그리 완고하게 거절하나 했더니 이미 뿌리가 있던 놈이었군요. 이제 알았습니다, 하하."

"흐음……."

임수민이 조직을 진짜 탄탄하게 운영하는 것 같았다. 군대도 빠지지 않고 특전사로 보내는 걸 보면……. 총기에 대한 경험까지 완벽하게 숙달시키고 있었다. 안으로 좀 더 들어가자, 새까만 양복을 입은 무리가 여기저기서 보였다. 그들은 지영을 보고도 별로 놀라지 않았다. 아니, 관심조차 주지 않았다.

대신 40대 중년의 사내 한 명이 의자에 앉아 있다가 지영을 보고는 일어나 다가왔다.

"강지영 씨 되십니까?"

"네. 수민 누님이 불러서 왔습니다."

"전달받았습니다. 이쪽으로 오시죠."

중년 사내는 굉장히 단단한 체구였다.

그렇다고 근육만 키워놓은 육체도 아니었다.

지영은 그걸 단번에 알아봤다.

'근접 전투에 특화된 신체……. 붙으면 좀 버티겠는데?'

호승심?

이제는 그런 걸 느낄 나이는 이미 한참 전에 지난 지영이다. 굳이 싸움을 걸어오지 않으면 지영도 굳이 싸움을 걸 생각은 없었다. 안쪽으로 좀 더 들어가자 철제 의자에 앉아 있는 임수민이 보였다. 그리고 그녀 앞에 문자 그대로 피 떡이 된 20대부터 50대까지 다양한 연령별의 사내들이 쓰러져 신음하고 있었다.

수는 총 열한 명.

꽤나 많은 인원이었다.

그녀는 지영을 보자 손을 들었다.

"왔어?"

"응, 이놈들이야?"

"응, 이미 자백받았어."

그녀는 얼굴의 반을 가리는 선글라스를 끼고 있었다. 정체를 가릴 목적으로 쓴 선글라스는 아니었다. 그럴 목적이었다면 아예 정순철을 오지도 못하게 했을 테니 말이다. 지영을 안내한 중년 사내가 의자를 두 개 가져와 놓고 다시 사라졌다. 지영이 그 의자에 앉았지만 정순철은 그냥 의자를 치우고 지영의 옆에 섰다.

"자."

자연스럽게 임수민이 건네는 담배를 받은 지영은 주머니에서 라이터를 꺼내 불을 붙였다.

"끄으……."

지영을 알아본 놈 하나가 신음과 함께 눈을 동그랗게 떴다. 그리고 지영은 그런 놈을 지긋이 내려다봤다.

"사, 살려……."

살려달라고 애원을 시작했지만 지영은 오히려 그 소리에 피식 조소를 지었다. 살려달라고? 강상만을 죽이려고 했던 폭탄을 만든 놈들을?

"왜?"

"그, 다, 당신은……."

"내가 영화배우고 공인이긴 한데, 당신은 내 아버지를 죽이려고 테러를 일으킨 놈들에게 가담했는데? 당신 양수철 의원한테 붙어서 검찰청에 폭탄 터뜨렸잖아."

"그, 그건 그가 협박해서……."

협박이란 말을 꺼내기 무섭게 이번엔 피식 임수민이 실소를 흘렸다.

"지랄하네. 그럼 니들이 받은 비트코인은 뭐니?"

"그, 그건……."

"왜, 착수금이라고 우기시게? 사제 폭탄 만드는 데 십억씩 주니? 그리고 인터넷에 자랑스럽게 혁명을 일으킨다고 글을 올리고?"

임수민은 그렇게 말하더니 '만택아!' 하고 크게 소리쳐 아까 통화했던 사람을 불렀다. 그러자 저 멀리서 '네, 누님!' 하는 대답이 들려왔다. 그리고 그 대답에 바닥에 쓰러져 있던 놈들의 안색이 대번에 하얗게 질려갔다. 누가 봐도 공포에 바르르 떠는 모습이었다.

쿵쿵쿵쿵.

그를 처음 본 지영은 거인이 다가오는 느낌을 받았다.

덩치가 진짜 장난이 아니었다.

지영이 살았던 모든 삶을 통틀어 진짜 거대했던 역사(力士) 몇몇과 견줄 만한 덩치를 가지고 있었다.

가까이 다가온 그는 지영을 흘끔 봤다가, 임수민의 앞에 공손하게 섰다.

"네, 누님."

"재들 아직도 헛소리한다."

"누가 말입니까?"

"조 앞에 조기, 조놈."

임수민이 턱 끝으로 협박을 받았다고 한 놈을 가리키자 만택이란 사내는 곧바로 놈을 한 손으로 잡아 들고, 성큼성큼 멀어져 갔다.

그리고 시야에서 사라지기 무섭게 '끄아……!' 하는 비명이 들려왔다. 지영이 본 칠성회는 무사 집단에 가깝다. 하지만 그들은 정도를 지키기 위해 사도를 걷고 있었다. 폭력? 이들이 정도를 지키기 위해 꺼내 든, 가장 합리적이면서도 비합리적인 제도였다.

"묻고 싶은 거 있으면 물어봐도 돼."

"그냥 얼굴이나 보러 왔어요. 어떤 놈들인지 궁금해서. 양수철 의원 짓은 맞죠?"

"응. 이미 다 불었어."

다 불었다라…….

그렇다면 솔직히 이놈들에게 더 이상 볼일은 없었다. 증거? 지금 얻은 증거는 폭력이 동반되어 법적 효력을 가지기 힘들었다. 영상을 찍어도 협박당하고, 구타당해서 불었다고 하면 답이 안 나온다.

"혹시 이놈들한테서 결정적인 증거는 나왔나요?"

"그럼, 나왔지. 양수철 그 인간이 운영하는 점조직 정체와 장소 등등 웬만한 건 이놈들 사무실에서 다 얻었어. 그리고 거긴… 정 팀장님?"

임수민의 부름에 정순철이 그녀를 바라봤다.

"우리는 여기까지만 하고 나머지는 그쪽에 맡길까 하는데, 괜찮죠?"

"물론입니다."

임수민은 역시 철저했다.

칠성회는 꼬리만 잡아주고, 그 이후는 지영의 바람대로 언론 기관을 움직일 수 있는 정순철의 회사에 맡겼다. 정순철은 사람이 순해 보이지만 일할 때는 또 확실한 사람이다.

"대신 이놈들은 저희 방식대로 처리할게요."

"음……."

그 말에 정순철은 좀 고민하는 표정이었다.

그럴 수밖에 없었다.

테러를 일으키는 모든 계획, 물자를 조달하고 사제 폭탄을 만들어서 실행까지 한 놈들이다. 당연히 끌고 가서 콩밥을 먹여야 하지만, 그는 그래도 머리가 돌아가는 사람이었다.

"수민 씨랑 지영 씨 얼굴을 이자들이 이미 봤으니 어쩔 수 없군요. 알겠습니다."

"말이 통해 좋네요. 우리 언제 술 한잔해요."

"하하, 영광입니다."

"급하실 텐데 먼저 가보셔도 돼요. 그리고 여기."

임수민이 건넨 USB를 잠시 보던 그는 조심히 손을 뻗어 받고는 지영을 바라봤다. 가보라고 했으니 가야 하는데, 지영이 있으니 어떻게 집으로 갈 건지 의견을 구하는 눈빛이었다.

"전 따로 갈게요."

"네, 그럼."

지영이 대답하기 무섭게 정순철은 가볍게 묵례를 하고 자리를 떴다.

“몇 번 봤지만 참 괜찮은 사람이야.”

떠나는 그의 뒷모습을 보면서 임수민이 한 말에 지영은 고개를 끄덕였다. 보통 저런 자리에 있으면 국가에 크게 도움되는 일을 하고 싶어 할 텐데도 지영의 곁에 머물면서 불평불만을 내보이지 않았다.

아니, 오히려 지영을 지키는 것에 크게 만족하고 있었다.

‘살아 있는 국보라니… 이것 참.’

인간문화재도 아니고 아예 국보 취급이었다.

하지만 뭐, 별의별 대접을 다 받아봤기 때문에 그리 문제가 되진 않았다.

“자… 어쩔래? 이놈들 미래야 어차피 너도 알 거고. 보고 갈래? 아니면 나가서 술 한잔할까?”

“흠, 술이나 마시죠.”

“그래, 이 앞에서 먹자. 바람이 좀 차긴 하지만 또 그만한 맛이 있지. 중걸아, 술상 좀 차려줄래?”

그의 말에 ‘네, 누님’ 하고 젊은 청년 하나가 사라졌다. 지영은 자리에서 일어났다. 임수민을 따라가자 꽤 경치가 좋은 언덕이 나타났다. 겨울이라 좀 춥긴 했지만 여기저기 피워놓은 모닥불 덕분에 제법 훈훈했다.

마침 바람도 불지 않아 술 한잔하기에는 딱이었다.

10분쯤 기다리자 술상이 금방 차려졌다.

꼴꼴꼴.

하얀 자기병에 담긴 술이 각자의 잔에 채워졌다.

"그래도 무사히 끝났으니 다행이네."

"그러게. 하……. 만약 아버지한테 무슨 일이 생겼으면 아마 난 또 날뛰었을 거다."

"배우직 버리고?"

"우리가 직업에 연연할 시기는 이미 오래전에 지났잖아?"

"하기야……."

그럴 시기는 이미 예전에 지나 버렸다.

그리고 지영은 원한은 절대로 잊지 않는 스타일이었다.

"이번은 신세졌어."

"뭘, 우리끼리. 그리고 어차피 나 혼자라도 움직일 생각이었어. 내가 저 꼴은 또 못 보거든."

"그런데 나 저격당했을 땐 안 움직였잖아."

"그건 개인이잖아. 이번엔 단체고. 나한테는 그게 좀 차이가 커."

"냉정하시군."

"너만 하겠어? 자."

피식.

잔을 내밀자 임수민이 술을 가득 따랐다.

맑은 술이었다.

시중에서 파는 게 아닌, 전통적인 주조 방식으로 장인의 손길을 거친 명주가 분명했다. 시작도 일품이지만, 뒷맛도 정말 깔끔해서 술 마시는 맛이 났다.

"그보다 뭐 단서는 찾았어?"

"아니, 그때 이후 감정도 이상하게 잠잠해. 너는?"

"나도 그래. 그때 그 일 이후 조용해."

날뛰던 기억들이 이제는 갑자기 조용했다.

지영은 잠시 잊고 지내긴 했지만 아예 신경을 안 쓰는 건 아니었다.

"하아……."

임수민이 한숨을 길게 내쉬었다.

"이번 생도 글렀나."

"……."

한숨 섞인 그 말에 지영은 그냥 말없이 술잔을 들었다. 안 그래도 그런 생각을 요즘 조금씩 하고 있는 지영이었다.

'이상하게 이번 삶은 이변이 많이 일어났지만…….'

거기까지였다.

단서를 찾는 일 자체는 아직도 요원했다.

무한한 환생.

무한한 저주.

"이천 번을 환생한들, 끊을 수는 있을까?"

툭 하고 던진 지영의 말에 임수민이 돌아봤다.

그러나 이번엔 반대로 지영이 시선을 산 아래로 던졌다. 자신이 한 말이긴 했지만 정말 기분을 최악으로 만드는 우울한 말이었다.

"쏘리."

"알면 됐어."

치익.

"후우……."

야경이라고 할 것도 없이 산 아래는 민가 하나도 없어 그저 어둠이었다. 지영은 그 어둠이 마치 자신의 저주 같다고 생각했다. 군대에서 자주 쓴다는 '눈 감아봐. 그게 네 미래야' 같은 상황과 매우 흡사했다.

"하아……."

그래서 한숨이 저절로 흘러나왔다.

환생자 둘이 만났지만, 아직도 저주를 푸는 방법은 요원하기만 했다.

Chapter74

심장병Ⅳ

대한민국은 다시 한번 발칵 뒤집혔다.

테러가 벌어지고 일주일.

사망자는 계속 늘어났다.

총 세 개의 폭탄이 터졌고, 그 반경에 있던 검찰청 직원 여섯, 검사 하나, 청소부 직원 셋이 폭발에 휘말려 목숨을 잃었다.

대한민국 역사상 전례가 없던 테러였다.

대검찰정 앞을 새하얀 꽃송이가 수놓기 시작했을 때쯤, 검찰청의 중대 발표가 있었다. 테러 용의자 양수철 의원을 포함한 현 야당 의원 넷을 홍콩, 필리핀, 나이지리아, 독일에서 각각 체포했다는 소식이었다.

사람들은 순간 멍했다.

이들은 말은 안 했지만 대검찰청을 노린 테러가 강지영의 부친인 강상만을 노린 IS의 테러라고 생각하는 사람들이 대다수였다. 하지만 이때까지도 IS의 성명 발표는 없다는 점을 미루어 그들이 연관된 테러는 아니라고 발표했다.

그리고 양수철 의원이 권력을 남용해 벌인 끔찍한 범행을 발표했다.

성매매, 성 접대 등은 애교였다.

인신매매, 총기 밀매, 마약, 심지어 경찰 살해 교사까지 끔찍한 범행을 권력을 이용해 은밀히 지원했다는 사실이 밝혀지자 대한민국이 분개했다. 검찰은 이러한 범행의 증거를 포착하고 올가미를 만들어 조금씩 그를 옥죄어 갔고, 결국 그 올가미가 자신의 목 지척까지 오자 테러를 기획, 실행한 다음 혼란이 가득한 틈을 타서 위조 여권을 이용해 국외 도피를 했다는 것이다. 하지만 채 일주일이 지나기도 전에 그는 국정원에 의해 체포되어 한국으로 끌려왔다. 다른 의원들도 마찬가지였다.

유례없는 테러와 범죄를 저지른 양수철 의원을 사형시키라는 말로 온 나라가 들끓었다. 하지만 모두가 알다시피 대한민국은 사형 제도가 폐지된 국가였다. 아니, 실제 법률상으로는 유지하고 있긴 하지만 마지막 집행이 1997년이니 사실상 폐지된 거나 마찬가지였다. 그러니 다시금 사형 제도를 부활시키자고, 처음으로 온 국민이 입을 모아 외쳤다.

인터넷이고, 광화문이고, 각 시군도청 광장이고 또다시 촛불이 모였다. 분개한 국민의 단합력은 그야말로 무시무시했다.

그러는 동안 검찰은 모든 증거를 이미 수집했는지, 아니면 활활 타고 있는 불길에 기름을 뿌리려는 건지 하루에 하나씩 증거를 터뜨렸다.

양수철 의원과 연결되어 있던 대기업은 그 순간 주가가 폭락. 대기업이라고 부를 수도 없는 상황으로 치달아가기 시작했다. 식품 쪽으로는 국내 1, 2순위를 다투지만 이번에는 거의 모든 마트, 편의점, 슈퍼에서 그 기업 제품을 빼버렸다. 그래서 불매 운동을 굳이 할 필요도 없이 그냥 불매 상황이 되어버렸다.

양수철 의원은 모함이라고 악을 썼지만 결정적인 증거가 너무나 많았다. 그는 당연하게도 자신의 명의로 된 계좌를 쓰진 않았지만 그 주변인들을 모조리 송환, 이 갈리는 가족 지인 피 말리기에 결국 자백이 하나씩 흘러나와 증거가 모여졌다. 가상 계좌는 물론 실제 의원 넷이 소유한 오피스텔, 부동산과 아파트, 가상 코인까지 낱낱이 파헤쳐졌다. 밝혀지는 재산 목록에 또다시 대한민국이 경악했다.

억? 십억?

그 정도 단위가 아니었다.

모든 걸 체념한 조직원 하나가 실토한 곳에서 오만 원 다발이 수백 개가 나왔다. 그것만으로도 일단 몇십억이 그냥 넘었다.

부동산에 아파트, 하나씩 열거하기도 힘든 재산 목록에 사람들의 경악은 허탈의 경지로 들어섰다. 의원 넷의 재산을 총합하면 거의 오천억 가까이 된다는 사실에 기가 질려 버리는 사람도 속출했다.

하지만 그것도 잠시였다.

정말 말 그대로 잠시였다.

마치 폭풍 전야처럼 고요했다가, 광풍처럼 몰아쳤다.

온 세상에 사형 부활! 이란 팻말과 피켓이 넘쳐났다.

외신 또한 한국의 상황을 매일 특집으로 내보일 정도로 국가의 분위기는 살벌했다.

하지만 양수철 의원은 포함한 넷은 끝까지 완강하게 부인했다. 그러나 이 또한 전례 없이 빠르게 열린 재판에서 양수철 의원을 포함한 정치인 넷은 결국 사형을 집행받았다. 그것도 감형이 없는 사형이었다.

수없이 많은 이들의 인생을 해친 대가로 그의 목숨 하나는 너무 가볍다는 얘기가 나왔지만, 사건에 연관된 거의 모든 범죄자들이 무기징역에 가깝게 형이 내려지는 살벌한 상황이 나왔다.

어쩌면 통쾌한 징벌이었지만, 그 누구도 웃지 못했다.

크리스마스를 지나 새해로 다가가던 어느 날이었지만, 거리는 징글벨보단 추모곡이 흘러나왔다.

희생당한 이들에게 보내는 애도였다.

*　　　*　　　*

그렇게 새해가 지나고, 지영은 다시 촬영을 재개했다. 1월 5일, 제주도 대성종합병원에 도착한 지영은 전보다 훨씬 야윈 모습이었다. 환자를 연기하기 위해 또다시 체중 감량을 했기 때문이다.

본래 체중에서 5킬로그램 정도 더 뺐을 뿐인데도 지영의 모습은 병색이 완연해 보였다. 촬영을 준비 중이던 스태프들이 지영을 보고 흠칫 놀랐다가, 뒤이어 알은체를 해왔다. 실제로 아픈 건 아닌 지영이라 웃으며 인사를 하자 그제야 스태프들도 마음을 놓고 웃었다.

"왔어요?"

한창 병실을 세팅 중이던 이민정 감독이 지영을 발견하곤 웃으며 다가왔다.

"저 때문에 촬영이 너무 늦어졌네요. 죄송합니다."

"그게 어디 지영 씨 때문인가요? 그 미친 새끼 때문이지."

"그렇게 생각해 주니 고맙네요."

"후후, 그보다 컨디션은 어때요? 오랜만에 촬영이라고 감을 잃은 건 아니죠?"

"네, 지금 최상입니다."

"오, 든든하네요. 그럼 오늘 신도 잘 부탁할게요."

"저야말로 잘 부탁드립니다."

그렇게 인사를 마치고 다시 이민정 감독이 병실 세팅에 들어가자 지영은 대기실로 들어갔다. 먼저 도착해 있던 한정연과 이성은이 준비된 의상을 건넸다. 근데 의상이라고 해봐야 어차피 병원복이었다.

병원복으로 갈아입고 나오자 이성은이 메이크업을 시작했다.

30분에 걸쳐 메이크업을 받고 나자, 거울로 비쳐 보이는 건 영락없는 환자 강지영이었다. 얼굴은 그야말로 창백함의 끝이었고, 이미 어느 정도 몰입을 준비하고 있는 상태라 눈도 퀭했다.

"어후, 내가 했지만 진짜 아픈 애 같다. 너 진짜 어디 아프고 그런 거 아니지?"

이성은의 말에 지영은 그냥 웃음으로 대답했다.

지영은 지금 컨디션도 최고였다. 살벌한 체중 감량은 컨디션을 잡아먹지만, 본래 체중에서 사오 킬로그램만 빼도 몸이 움직이는 게 달라지는 법이었다. 좀 허기지긴 하지만 그 정도야 이미 충분히 익숙한 지영이었다.

"한 시간쯤 여유 있으니까 좀 쉴래?"

"네. 촬영장 세팅 끝나가면 말해주세요."

"응. 그럼 쉬고 있어."

지영의 휴식을 방해하지 않으려고 이성은과 한정연은 조용히 대기실을 나갔다. 둘이 나가자 지영은 폰을 꺼냈다. 은재에게 메시지가 와 있었다.

[나 지금 재단 때문에 관계자들이랑 미팅하러 가! 은채도 같이!]

지영은 제주도 촬영이고, 은재는 세상이 다시금 잠잠해지기 시작하자 그동안 멈춰놨던 고아원 겸 학교 설립을 위해 움직이기 시작했다.

해외에서도 아직 꾸준히 잘 팔리고 있어 은재는 지금 엄청난 부자였다.

하지만 돈에 욕심이 없는 은재는 예전에 얘기했던 고아원 겸 학교를 짓는 걸 이제 제대로 추진하고 있었다.

지영은 그런 은재가 참 멋있었다. 보통 불우한 어린 시절을 보내면 돈에 대한 집착 같은 게 어쩔 수 없이 생긴다. 물론 모두가 그런 건 아니지만, 갖고 싶었던 것을 갖지 못하면, 결국 그건 트라우마로 거의 각인되어 버리고 만다. 하지만 은재는 그러지 않았다.

'애초에 자신의 어린 시절이 불우했다고 생각하지 않는 거겠지.'

그래서 지영은 은재가 신기했다.

그리고 그 신기함은 결국 지영을 홀렸다.

물론 지영도 은재를 사랑하게 된 것을 조금도 후회하지 않고 있었다. 이번 삶에서 그나마 지영을 만족하게 하는 가장 큰 셋 중 하나였다.

똑똑.

잘하고 오라고 답장을 보냄과 동시에 대기실 문을 누군가가 노크했다. 지영이 '들어오세요!' 하고 좀 크게 대답하자 끼이익 문이 열리고 이수진이 고개를 빼꼼 들이밀었다.

"들어가도 돼요……?"

"응, 들어와."

"헤헤."

안으로 들어온 이수진이 냉큼 지영의 앞에 앉았다.

"준비 잘했어?"

"네. 음… 감정 신이 깊어져서 좀 고생했는데 그래도 잘할 수 있을 것 같아요!"

"그래? 기대되는데?"

"오빠는… 요?"

지영의 일을 당연히 알고 있으니 조심스럽게 물어오는 이수진은 영락없는 여동생이었다.

"내가 누구냐?"

"에헤헤, 천하의 강지영이죠. 제가 괜한 걸 물었네요."

"알면 됐다. 맞다, 너 왕야 숙 들어온다며?"

"네! 시비 춘홍 역으로요!"

겨울이 가기 전에 바로 찍을 작품인 왕야 숙에 이수진이 캐스팅됐다는 연락을 받은 건 며칠 전이었다. 숙을 곁에서 모시는 심성이 약한 춘홍 역만 오디션을 진행했고, 백 명이 넘는 참가 중 단연 돋보인 이수진이 그 배역을 따냈다고 박종찬 감독이 직접 연락을 해줬다.

지영은 어쩌면 당연한 결과일 거라는 생각이 들었다.

섬에서 이수진의 연기는 진짜 일취월장했다.

곁에서 임수민, 황정만에 천재 서원이 연기를 펼쳤고, 화룡점점으로 지영의 연기까지 지켜봤다. 게다가 황정만과 이민정 감독이 조언을 아끼지 않았다. 그 결과 진짜 스펀지가 물을 빨아들이듯 조언을 흡수하며 실력이 늘어났고. 신까지 더 따내는 기염을 토했다. 지금 그녀 또래의 연기자 중 이수진은 가히 원톱이라고 해도 될 정도로 물이 바짝 오른 상태였다. 그러니 주연도 아닌 조연 역 정도는 충분히 자신의 실력으로 거머쥐고도 남았다.

"다음 작품도 잘해보자."

"네! 아, 그럼 저는 가볼게요! 이따가 봐요, 오빠!"

"그래."

이수진이 꾸벅 인사를 하고 나가자 지영은 의자에 깊숙이 몸을 묻었다. 30분쯤 더 쉬고 있는데 준비가 끝났다고 조연출이 직접 와서 알려줬다. 같이 들어온 이성은에게 메이크업을 수정받은 지영은 바로 촬영장으로 향했다.

촬영장엔 벌써 이수진과 서원이 교복을 입고 준비하고 있었다.

첫 번째 신을 같이할 이수진에게 다가가 지영이 웃으며 입을 열었다.

"잘 부탁해."

"네! 저도 잘 부탁드립니다, 선배님!"

또 꾸벅! 크게 인사한 뒤 반짝이는 눈으로 지영을 올려다보는 이수진. 지영은 그런 이수진의 머리를 가볍게 쓰다듬어 주고는 침대 위로 올라갔다. 그러자 진짜 간호사가 와서 바로 링거를 세팅하고, 지영의 팔에 바늘을 꽂은 뒤 떨어지는 속도를 조절해 주고 나갔다. 지영은 침대를 좀 세운 뒤에 대본을 마지막으로 살펴봤다. 그런 다음 눈을 감고, 신을 머릿속에 그렸다. 지영이 눈을 감자 주변이 점차 조용해지기 시작했다.

배우가 몰입하기 시작함과 동시에, 분위기가 차분하게 가라앉기 시작했다.

'오늘은 풋풋한 첫사랑의 마지막…….'

용기 있는 고백.

첫사랑의 실패.

상처받는 아이와 더 상처받는 아이.

어리숙한 배려로 인한 슬픔.

거절의 이유 등이 적나라하게 표현되어야 하는 신이다. 지영이 다시 눈을 뜨고 감정을 잡자, 주변이 고요해졌다. 그리고 잠시 뒤, 사인이 떨어졌다.

"레디, 액션."

* * *

드르륵.

문이 열리는 소리에 수호는 책을 덮고는 들어온 사람을 바라봤다.

"어, 미소야."

"수호, 안녕? 히히."

"어떻게 왔어? 아직 학교 끝날 시간 아니잖아."

"오늘 개교기념일이거든!"

"아……."

그러고 보니 미소는 사복 차림이었다.

아이보리색 스웨터에 무릎 위로 살짝 올라오는 스커트, 새까만 레깅스와 운동화, 그리고 와인색 떡볶이 코트를 입고 있었다. 코트와 비슷한 색상의 장갑을 벗은 미소가 히히, 하고 기분 좋은 미소를 지었다.

수호도 덩달아 그 미소에 반응해 웃었다.

언제나 느끼는 거지만 미소의 미소는, 정말 해처럼 따뜻한 감정을 선사해 줬다.

"오늘은 뭐 했어?"

"그냥… 책 읽고 있었어."

"밥은?"

"먹었지. 넌?"

"나도 먹고 왔지, 히."

미소는 요즘 들어 자주 수호의 병문안을 왔다. 쉬는 날이면 어김없이 찾아왔고, 가끔 학교가 일찍 끝나도 이렇게 병문안을 왔다. 수호는 그런 미소가 너무나 고마웠다.

'학교…….'

이제는 갈 수 없는 장소가 되었다.

그날 쓰러지고 벌써 삼 주가 지났고, 학교가 점점 그리워졌다.

"귤 가져왔는데, 먹을래?"

"응? 아, 응."

부스럭거리는 소리를 내면서 미소는 검은 봉지를 색이 바랜 가방에서 꺼낸 뒤 귤을 작은 손으로 조물거리기 시작했다.

"이러면 있지, 귤이 잘 까져. 요렇게, 요렇게."

입으로 그렇게 소리를 내면서 귤을 까 반을 쪼개 내민 걸 받은 수호가, 하나를 조심스럽게 입에 넣었다.

짜르르.

시큼한 단맛에 몸이 저절로 떨렸다.

"히히, 좀 시지?"

"응, 으으. 근데 달기도 달다."

"그렇지? 겨울 귤이 원래 달대. 자, 여기."

까 준 귤을 하나 더 받아 든 수호는 미소의 얼굴을 바라봤다. 수줍게 웃는 얼굴. 수호는 며칠간 고민하던 것에 대한 판단이 맞음을 느꼈다.

'미소가 날… 좋아하는구나.'

그게 아니라면 이렇게 행복한 미소와 함께 '응?' 하는 표정으로 자신을 올려다볼 이유가 없었다.

사람이 사람을 좋아한다. 수호는 책으로 배웠지만 그런 감정은 지극히 당연하다고 생각했다. 그래서 자신 같은 사람을 좋아해 주는 미소가 너무나 고마웠다. 하지만 반대로 너무 미안했다.

'나에겐 이제… 시간이 얼마 없는걸.'

미안해, 미안해…….

미안해, 미안해, 미소야…….

그렇게 전하고 싶었던 말은 내뱉지 못한 채로, 오히려 가슴 안쪽으로 들어가 심장에 콕 하고 박혀 버렸다. 그게 수호를 더 아프게 했다. 하지만 수호는 웃었다. 더 활짝, 아주 활짝 웃었다.

"응? 왜? 왜 웃어?"

"아니, 그냥… 그냥."

"뭐야. 실없긴? 오늘은 검사 같은 거 없어?"

"응, 오늘은 없……."

지끈…….

아…….

겉으로 나올 뻔한 신음을 수호는 겨우 이 악물고 참아냈다. 그러면서 오히려 웃었다. 미소의 저 미소가 사라지지 않게 해주고 싶어서였다.

"왜? 또 아파? 응?"

하지만 아주 작은 찡그림을 미소는 놓치지 않았다.

"아니, 아니… 야."

"의사 선생님 불러올까? 응?"

"아니, 괜찮아."

통증이 가라앉아서 수호는 좀 더 편하게 웃을 수 있었다. 미소는 여전히 의심스러움과 걱정이 반반 담긴 눈빛이었지만 수호가 소매 깃을 잡자 다시 의자에 앉았다.

"너 아픈 거 가지고 거짓말하면 안 된다? 혹시 아프면 바로 바로 얘기해야 돼! 안 그러면 바로 저 벨 눌러 버릴 거니까."

"알았어. 그런데 미소야."

"응, 왜?"

수호는 왜 그런 생각이 들었는지 모르겠지만, 미소에게 진실을 얘기해 줘야겠다는 생각이 들었다.

'더 늦기 전에. 너무 늦어버리면… 미소는 혼자 너무 슬퍼할 테니까.'

지금껏 봐온 미소라면 충분히 그러고도 남았다.

엉엉 울며 바닥에 철퍽 주저앉아 수호가 없어졌음에, 다시는 볼 수 없음에 너무 슬퍼할 아이였다. 수호는 그래서는 안 된다고 생각했다.

"나 있지……. 많이 안 좋아."

"응? 뭐가?"

"여기, 여기가."

"아……."

수호가 진지한 얘기를 하려는 걸 알았는지 미소는 곧바로 상체를 쭉 곧게 세웠다. 그리고 싱글싱글하던 표정도 얼른 지웠다.

"나는 있지, 어려서부터 심장이 안 좋았어. 유치원도 제대로 못 나갔고, 초등학교도 당연히 제대로 못 나갔어. 중학교 때는 입학만 하고 거의 집에만 있었어."

"……."

"나는 내 인생이 그렇게 짧게 끝날 줄 알았어. 그런데 있지, 갑자기 어느 날… 아버지가 와서 날 데리고 병원에 가서 병원에 입원시켰어. 그리고 수술을 받았지."

톡톡.

수호는 자신의 심장을 살살 어루만지듯 건드렸다.

"심장이식수술이었어."

"아… 이식수술… 받았구나."

"응. 한동안 좋아진 줄 알고 요양하다가, 그래도 공기 좋은 이곳으로 전학을 왔어."

이후부터는 모두가 다 아는 얘기일지도, 혹은 아닐 수도 있었다. 수호는 그저 주절주절거리듯이, 한탄하듯이 담담하게 다시 입을 열었다.

"나는 집에만 있었거든. 그래서 학교에 나오는 게… 너무 좋았어. 정말, 세상 그 무엇보다 좋았어."

"힝……."

미소의 눈가는 벌써부터 촉촉해지고 있었다.

"미소 너도 만났고, 다른 친구들도 만났고, 다들 너무 잘해줬고……. 너무 좋았어. 그런데 그게 좀 과했나 봐."

"왜에, 이잉……."

"심장이… 다시 안 좋아졌어. 의사 선생님이 그랬는데 얼마 안 남았대. 언제 터질지 모르는 폭탄이 되어버렸대."

내 심장이 말이야…….

수호가 그 말을 흘리기 무섭게 미소의 눈에서는 눈물이 뚝뚝 떨어져 흘렀다. 수호는 그런 미소를 안타깝게 바라봤다. 잔인한 얘기일까? 그럴 수도 있었다. 이 이야기가 잔인하지 않다면 세상 그 어떤 이야기도 평범한 얘기일 것이다.

하지만 수호는 그래도 말을 끝까지 해야 했다.

"어려운 말을 써서… 잘 모르겠는데, 그냥, 안 좋대. 더 이상 손써볼 수가 없대. 그래서 고작 약 먹고, 검사 같은 거 받고… 그러는 정도가 전부야."

"으앙……."

미소는 숨죽여 우는 것처럼 결국 울음을 터뜨렸다.

욱신…….

그러자 심장이 다시 지끈거렸다.

수호는 올라가는 손을 억지로 멈추고는, 다시 억지로 웃으면서 말을 이어갔다.

"지금도 그래. 언제 터질지 몰라. 그런데 내가 이런 얘기를 하는 이유는……."

"이잉… 내, 내가 너 좋아하는 거… 알아서 그러는 거잖아……."

흑, 흐으이잉…….

이상한 울음소리였다.

하지만 수호는 웃을 수 없었다.

미소의 눈물이 너무나 슬퍼서였고, 미소를 울린 게 너무나 미안해서였다. 수호는 손을 뻗어 미소를 위로하려다가 이번에도 멈칫했고, 결국 다시 손을 내렸다. 자신을 좋아하지 않게 만들기 위해 이런 얘기를 굳이 했는데, 위로를 하면 말과 행동이 너무나 어긋나 버린다. 미소는 한참을 울었다.

소리 죽여 그렇게 울던 미소는 눈물을 그치고는 수호를 흘겨봤다.

"너 잔인해……."

"미안……."

"근데, 너 사람 잘못 봤어……."

"응……?"

"난 있지. 누가 하지 말라고 하면… 더 하는 애다? 내가 청

개구리 심보가 엄청나거든!"

"……."

수호가 멍한 표정을 짓자, 미소는 다시 예쁘게 웃었다. 여자아이치고는 까무잡잡한 피부와 새하얀 치열, 그리고 눈부신 미소. 그 자체로 미소는 빛났다. 하지만 그 미소는 이상하게도 수호의 가슴을 더 아릿하게 만들었다. 그러면서 동시에 한 사람이 머릿속에 떠올랐다.

'왜…….'

지금 이 순간에 그 아이가 떠올랐을까?

수호는 자신의 감정을 이해할 수 없었다.

하지만 그런 감정은 그냥 감정으로만 남게 하고 싶은 마음에 결국 미소를 마주하며, 웃음을 그렸다.

지금 당장 미소에게 수호가 해줄 수 있는 전부였다.

"너 다음부터 그런 소리 하지 마. 알았지? 네가 아무리 그래도… 내 마음은 내가 정할 거니까."

"……."

"대답!"

"……."

수호가 대답을 못 하자 미소의 눈에 쌍심지가 훅 켜졌다.

"이씨! 대답! 대답해 줘! 응? 대답!"

그렇게 재촉했지만 수호는 역시 이번에도 대답하지 않았다.

결국은 지친 미소가 앉으며 다시 히히, 하고 웃었다. 지나가는 사람들이 봤다면 두 사람의 모습은 풋풋한 사랑스러움이 가득 느껴졌을 것이다. 실제로 간호사들이 지나가면서 사랑스러우면서도, 애틋한 눈으로 둘을 지켜보며 가곤 했다.

하지만 한 사람, 병실 문 옆의 벽에 등을 기대고 있던 한 사람, 소희는 그러지 못했다.

아침에 눈을 뜨자마자 무작정 병원으로 왔다.

배를 타고 나오면서도 소희는 자신의 병원행을 이해할 수 없었다. '잘못됐어. 이건 아니야. 어디서부터 어긋난 거야?' 이런 생각을 오는 내내 했다. 그리고 병원에 도착해서도 발길이 떨어지지 않았다.

병실에 도착해서는 더더욱 그랬다.

이미 선객이 도착해 있었다.

그날 이후 너무 서먹해진 친구 미소, 그 아이가 먼저 와 있었다. 들어갈 용기는 그 순간 뚝 꺾여 부러졌다. 작게 열린 문틈으로 두 사람의 대화 소리가 어렴풋이 들려왔다.

수호.

동생의 심장을 빼어간 그 아이가 하는 말도 들었다.

담담하게, 너무나 담담하게 자신의 상태를 설명할 때는 입술을 너무 세게 깨물어 안쪽이 까져 버릴 정도였다.

심성이 너무나 착한 수호였다.

저 착한 친구는 미소가 나중에 상처받지 않도록 만들어주기 위해, 스스로에게 상처를 입히고 있었다.

물론 그건 수호의 생각이었다.

'바보…….'

소희는 그런 수호의 선택이 잘못되고 참 못된 선택이라는 걸 알았다. 하지만 저 친구는 경험이 너무나 없었다. 동생이 그랬던 것처럼 집에서만, 병원에서만 살았다. 그래서 세상을 책으로만 배웠기 때문이다.

'그런 아이한테 나는…….'

아니야!

소희는 고개를 도리도리 저었다.

소희는 스스로의 가슴에, 마음에 강력한 주문을 걸었다. 자신은 잘못하지 않았다고. 수호가 나쁜 거라고. 내 동생에게 갔어야 할 심장을 뺏어간, 저 아이가 나쁜 거라고. 그러니 연민을 느끼지 말자고, 그래서는 안 된다고, 그래서는 동생이 너무 불쌍하다고 스스로를 세뇌했다. 그러한 세뇌는 매일 밤 자기 전에 하고, 눈 뜨고 나서도 하고, 매일매일 빠지지 않고 했다. 하지만 수호를 보는 순간, 저 순박한 미소를 보는 순간, 저 티 없이 순수한 마음을 보는 순간, 그런 세뇌가 이상하게도 한순간에 풀려감을 느꼈다.

꾸욱.

소희는 고개를 푹 숙이곤, 입술을 깨물었다.

주변에 지나가는 사람들이, 간호사가, 의사들이 이상하게 자신을 힐끔거리고 가는 걸 알았지만 소희는 고개를 들 수 없었다.

'왜··· 눈물이 나는··· 건데.'

뚝, 뚝뚝.

갑자기 눈물이 뚝뚝 떨어졌다.

이상하게도 저 대화를 듣고 나니 자신이 너무나 미워졌다.

자괴감, 자책감, 혐오감까지 오만 감정이 달려들어 아귀처럼 살을 물어뜯는 것 같았다. 그리고 물어뜯긴 자리에 벌레가 기어 다니는 것 같았다.

우욱…….

지독한 혐오감에 욕지기까지 올라왔다.

"어··· 소희 아니니?"

그리고 갑자기 들려온 그 목소리에 소희는 고개를 번쩍 들었다. 붉게 물든 시야에 익숙한 두 사람이 서 있는 게 보였다.

휙!

그래서 소희는 그 자리에서 도망쳤다.

"소희야!"

"소희야!"

두 사람이 자신을 부르는 게 느껴졌지만 소희는 멈추지 않았다. 빨리, 조금이라도 빨리 이곳에서 벗어나고 싶었다.

"컷! 오케이!"

이민정 감독의 컷 사인에 분주하게 움직이던 보조 출연자들이 전부 멈췄다.

뛰어가던 서원도 멈추고, 놀란 눈으로 서원을 바라보던 황정만과 임수민도 표정을 풀었고, 도란도란 이수진과 얘기를 하던 지영도 연기를 풀었다.

"후우… 수고했어."

"흐아… 선배님, 수고하셨습니다!"

눈물을 닦은 이수진이 일어나 지영에게 허리를 푹 숙이며 인사를 했다. 지영은 그런 수진의 어깨를 툭툭 쳐주고는 침대에서 내려왔다.

뚜둑, 뚜둑.

침대에 누워 있었다고 해도 그렇게 편한 자세는 아니었던지라 굳어 있던 허리를 풀어주곤 수진과 함께 이민정 감독에게 다가갔다. 지영과 이수진만 찍는 게 아닌 서원, 막 등장하는 황정만과 임수민까지 전부 다각도로 찍는 신이라 벌써 두 번이나 엔지가 났다. 하지만 좀 전 이민정 감독의 경쾌한 목소리로 보아 이번에는 큰 문제 없이 잘 찍힌 것 같았다. 배우들이 모여 다 같이 영상을 확인했다.

부족한 부분이 몇 군데 보이지만 다행히도 연기자들의 문제가 아닌 보조 출연자들의 문제라 그 부분만 다시 따기로 하고, 신은 오케이 사인이 났다.

"고생하셨습니다!"

"선배님들 고생하셨습니다!"

서원과 이수진이 여전히 밝고 활기차면서도 감사함이 듬뿍 담긴 목소리로 주변에 인사를 했다. 그걸 보던 지영은 손을 살살 흔들며 다가오는 황정만을 보며 살짝 불안감을 느꼈다. 감사하다고 인사를 하는 두 여배우지만 사실은 두 사람도 신이 더 남아 있었다. 병원 로비에 멍 때리고 앉아 있는 소희를 미소가 발견하면서 둘 사이의 문제와 감정 등을 서로 밝히는 장면이었다.

반대로 지영은 황정만과 임수민이 동시에 찾아오는 신이 하나 있지만, 길지도 않고 크게 감정을 집중해야 할 신은 아니었다. 그래서 불안감을 느낀 것이다. 또 술, 또 술을 먹자고 할 것 같아서 말이다.

"여어, 우리 강 배우! 언제 봐도 연기가 아주 그냥 죽여, 어?"

"우와, 시비 거는 것 같아……."

"에헤이! 시비라니? 그냥 동생 연기에 흠뻑 젖어부린 형아의 감상이여, 감상."

"네네."

"그보다 우떠? 이따 끝나고 깍?"

"또또, 형님은 매일 술 마셔요?"

"야야, 제주도까지 왔는디 돔 한 접시에 한잔 안 때려주는 건 죄악이여, 죄악."

세상에 그런 죄악이 있다는 소리는 들어본 적도 없는 지영이었다. 그래서 그냥 고개만 절레절레 젓고 말았다. 사실 황정만이 저렇게 말을 꺼낸 순간부터 이미 촬영 끝난 후 스케줄은 결정이 된 거나 마찬가지다.

마이 페이스 기질이 다분하다 못해 불도저 같은 그가 마음먹었으니 어떻게 해서든 술판은 반드시 벌어질 거였다.

슬쩍 시선을 돌려보니 분주한 현장에서 메이크업을 다시 수정받고 있는 여배우 셋이 보였다.

"쟤들도 매일 저러려면 진짜 귀찮을 거여. 안 그려?"

"그렇겠죠. 근데 그래도 어쩌겠어요. 피부발은 여배우가 절대로 포기할 수 없는 숙명이나 마찬가지인데."

"흐흐, 그거야 그러제."

옷이야 거지처럼 입을 수 있을지언정, 절대로 피부가 더럽게 나오는 꼴은 못 보는 게 여배우들이다. 물론 그 안에서 초탈한 배우들이 있긴 하지만 그래봐야 극소수다. 지영의 말처럼 피부는 여배우의 숙명이나 마찬가지였다.

각각 소속사의 메이크업 아티스트들이 공을 들이고 있고, 가장 선배라 할 수 있는 이성은이 옆에서 조언을 해주고 있는 현장에서 시선을 뗀 지영은 한쪽에서 조용히 현장을 지켜보며 뭔가를 스케치하고 있는 임수연 작가에게 다가갔다.

거의 모든 촬영장에 나와 현장을 직접 보고, 대본을 조금씩 수정하는 임수연 작가는 확실히 전과는 다른 모습이었다.

후드 티에 모자, 커다란 안경이 그녀의 트레이드마크였는데 한정연과 이성은이 그걸 싹 뜯어고쳤다.

귀요미한 모습은 사라지고, 지금은 성공한 여성 작가의 모습이 되어 있었다. 물론 본인은 어색한 모양이지만 지영이 보기엔 한층 나아 보였다.

"뭐 하고 있어요?"

"아… 마지막 장면 연출 스케치하고 있어요."

"오… 이젠 연출도 해요?"

"아니요. 그런 건 아니고… 이 감독님이 의견을 달라고 해서……."

"아아."

원작자라 할 수 있는 임수연의 의견을 최대한 반영하겠다고 했던 이민정 감독은 확실히 자신이 한 말을 지키고 있었다. 두 사람의 시너지 효과가 제법 괜찮은지라 앞으로 콤비로 활동해도 충분할 것 같단 생각이 들었다.

“차기작은 쓰고 있어요?”

“네? 아, 아니요. 이번 작품 끝나면 좀 쉬려고요…….”

“잘 생각했어요. 배우도 휴식기가 필요하지만 작가는 더욱 필요해요. 촬영 다 끝나면 한동안은 펜도 잡지 말고 푹 쉬어요. 여기저기 여행도 다니면서.”

“헤헤, 네…….”

그녀의 대답을 들은 지영은 더 이상 방해하지 않고, 조용한 곳을 찾아 움직였다. 하지만 실제 병원에서 촬영이 이루어지다 보니 마땅히 쉴 만한 공간이 없었다. 결국 병실 창가 쪽에 자리 잡은 지영은 분주한 스태프들을 잠시 보다가 폰을 꺼냈다. 메시지를 확인해 보니 은재에게 온 게 두 개 있었다.

[회의 끝!]

[다음 달부터 공사 시작할 거래! 나 너무 기뻐… 벅차.]

그 메시지를 본 지영은 저도 모르게 웃었다.

재단을 세운다는데 솔직히 신경 써야 할 게 한두 개가 아니었다. 아마 은재 혼자였다면 1년이 걸려도 제대로 시작도 못 했을 수도 있었다.

‘이거 참… 김은채한테 고맙다고 해야 하나.’

이번 은재의 꿈에는 대기업 대성이 적극 참여했다. 애초에 대성의 VIP는 아니지만 준VIP는 되는 게 유은재다.

그래서 김조선과 김은채의 도움으로 벌써 재단 설립 준비가 끝났다. 이제 양도받은 부지에 건물을 짓고 내부 리모델링만 끝내면 어렸을 적 은재와 같은 처지에 놓인 아이들을 도와줄 수 있다.

'대규모 인력이 투입될 테니 그리 오래 걸리지도 않겠지.'

길어야 서너 달?

봄이 오면 아이들은 그 공간에서 먹고 자고, 공부를 할 수 있을 것이다. 지영은 그런 은재의 꿈을 앞으로 적극 지지하기로 했다.

수고했고, 축하한다는 답장을 적어 보낸 지영은 주변을 한 번 쓱 훑어봤다. 분주하던 스태프들이 슬슬 제 위치로 향하고 있었다. 지영은 바로 등을 떼고 이성은에게 메이크업을 수정받았다. 그리고 다시 침대로 올라갔다.

지영이 침대에 올라가자 아까 컷 사인이 났을 때의 감정을 어느새 다시 잡은 이수진이 옆으로 와서 동그란 의자에 앉았다. 황정만과 임수민도 복도 밖에 자리를 잡고 감정을 잡기 시작하자, 촬영장은 언제나 찾아오던 고요함이 다시금 찾아왔다.

"후… 후우……."

눈을 감고 크게 심호흡을 한 지영이 다시 눈을 뜨자, 건너편에서 지켜보던 이민정 감독이 메가폰을 천천히 입으로 가져다 댔다.

"레디, 액션."

*　　　*　　　*

"여기가? 어, 수호? 정수호?"

"아……."

살짝 열려 있던 문 밖에서 들려오는 소리에 수호는 대화를 멈추고 문 쪽을 바라봤다.

고개가 다 돌아가는 순간 드르륵, 하고 문이 열렸고 두 사람이 안으로 들어왔다.

"어……? 샘?"

놀란 미소가 눈을 동그랗게 뜨고 들어선 두 사람을 바라봤다. 그곳에는 담임과 박윤경과 학년 주임 심수철이 서 있었다.

"미소… 아니냐?"

"네, 샘. 저 미소예요. 헤헤, 울 담임 샘 반 반장이요."

"허, 허허."

두 사람의 시선이 뒤이어 침대에 등을 기대고 있던 수호에게 향했다.

"수, 수호… 구나."

"네, 선생님. 안녕하세요."

"그, 그래. 허, 허허……."

이상하게도 심수철은 난감한 얼굴이었다. 그 옆에 서 있는 담임 박윤경은 아예 안절부절못하는 모습이었다. 수호는 그 모습에 곧바로 이유를 깨달을 수 있었다. 수호도 경험이 있었다. 예전에, 아니, 몇 달 전에…….

수술받을 자기 또래 남자아이의 병실에 조용히 찾아갔던 적이 있다. 물론 안으로 들어갈 순 없었다. 들어가는 것 자체가 윤리적으로 불가능했다. 그래서 지금 이 상황이 조금 이해는 안 가지만, 어떤 상황인지는 알 수 있었다.

"아… 샘 딸 아프다고 하셨죠?"

"그, 그게. 아니, 그게 아니라……."

"학교에 소문났다고 미소가 저한테 알려줬어요."

"그, 그게……."

박윤경은 수호의 눈을 바라보지도 못했다.

마치 죄인처럼 고개를 푹 숙이고 있었다.

"하아… 이게 뭔 일이냐. 아이고……. 미치긋다. 미치긋어……."

심수철도 한숨을 푹 내쉬었다.

오직 미소만 무슨 일인지 몰라 고개를 갸웃하고 있었다. 하지만 아무도 미소에게 답을 알려주지 않았다. 수호는 그런 미소는 신경 쓰지 않고, 오히려 두 사람을 보며 웃었다.

"우으, 우으……!"

수호의 환한 미소에, 하지만 반대로 너무나 애달프게 슬픈 미소에 박윤경은 결국 참지 못하고 병실을 뛰쳐나갔다. 심수철은 그런 박윤경을 잡으려다가 체념하고는 한숨을 푹 내쉬었다.

"찾아와서 미안하데이."

"아니요. 괜찮아요."

"내, 내 혼자… 근 시일 내에 다시 찾아오마."

"네, 샘."

드르륵!

그때 문이 거칠게 열리면서 담당의가 씩씩거리면서 들어왔다.

"이 친구야, 여길 들어오면 어떻게 하나!"

"아니, 그게……."

"나가! 빨리 나가!"

"……."

의사의 윽박지름에 심수철도 박윤경처럼 고개를 푹 숙인 채 터덜터덜 병실 밖으로 나갔다. 그러는 동안 미소는 여전히 감을 못 잡았는지 고개만 갸웃하고 있었다.

"뭐야? 무슨 일이야?"

"아니, 아무것도 아니야."

"왜, 왜! 뭔데?"

"하하, 아무것도 아니라니까. 맞다, 미소야. 아까 깜빡했는데 나 오늘 검사해야 할 거 있었어."

"어, 진짜?"

"응, 미안. 아까 의사 선생님 보니까 생각났다. 미안해서 어쩌지? 곧 검사받을 시간 다 됐는데."

"미안하긴! 오늘만 날인가? 히히, 나도 그만 갈게. 안 그래도 엄마한테 심부름 부탁받은 거 있거든!"

"그래, 그래도 미안. 다음에 또 보자?"

"응응! 다음에 봐!"

미소는 곧바로 짐과 귤껍질 등을 챙겨 일어나 코트를 입었다. 그러곤 갑자기 고개를 훅 숙였다.

쪽.

"……."

"히히……."

수호의 놀란 눈을 수줍게 웃으며 피한 미소는 그 길로 후다닥 병실을 나섰다.

드르륵! 드르륵! 쾅!

그녀가 나간 곳을 멍하니 보던 수호는 저도 모르게 자신의 입술을 매만졌다. 그러곤 그녀가 다가올 때 맡았던 상큼한 과일향이 떠오르자 얼굴이 살살 붉어지기 시작했다. 그리고 이내 귀까지 빨개지자 좀 전에 무슨 일이 있었던 건지 깨달을 수 있었다.

“아… 첫 키스구나.”

아니?

키스가 아닌 뽀뽀지만 지금 당장 그게 중요한 게 아니었다. 멍하게 있던 수호는 갑자기 피식 실소를 흘리고 말았다.

“나 그래도… 키스는 하고 죽는 거네.”

키스가 아니라 뽀뽀라니까?

미소가 있었다면 아마 그렇게 정정해 줬을 것이다.

수호는 그녀가 떠난 공간을 보다가 갑자기, 좋았던 감정은 순식간에 사라지고 반대로 울고 싶어졌다.

이미 자신의 끝은 정해져 있다.

그걸 알고 나서부터 더 살고 싶단 생각을 한 적이 없었다.

한평생.

고잘 스물도 안 된 인생이지만 그 기간 동안 거의 계속 앓았다. 아픈 심장을 가지고 살면서 수호는 스스로가 너무 지쳤다고 생각했다. 그래서 이제는 그만 편히 쉬고 싶었다. 솔직히 말하자면 이 지긋지긋한 병원 특유의 냄새도 싫었다. 그랬었다. 좀 전까지만 해도…….

“아… 이게 살고 싶다는 마음이구나.”

살고 싶어.

살고 싶다고.

“이제 와서… 나쁘네, 참.”

수호는 그렇게 중얼거리면서 창밖을 바라봤다.

이제는 겨울이다.

앙상한 나뭇가지를 보면서 '곧 봄이 오겠지?' 하는 생각을 했다.

"나에게도 봄은… 올까?"

글쎄.

당연히 수호의 그 물음은 그 누구도 답해주지 않았다.

"컷!"

이민정 감독의 사인에 지영은 연기를 풀었다. 그러자 애처롭던 눈빛은 금세 정상으로 돌아왔다.

"후……."

지영은 남아 있던 감정의 잔향을 마저 꺼내, 한숨에 실어 내보냈다. 고요했던 촬영장이 다시 활기를 띠기 시작했다. 지영은 바로 침대에서 일어나 이민정 감독에게 다가갔다. 신을 함께했던 배우들이 다 같이 모여 확인 과정을 거쳤고, 이민정이 박수를 치는 걸로 오케이 사인이 나왔다.

"수고하셨습니다. 수고하셨습니다."

지영은 오늘 촬영이 끝나 주변에 인사를 했다.

그러곤 대기실로 가서 메이크업을 지웠다. 이성은의 손길이 10분쯤 오가자, 창백하던 지영은 사라지고 혈색이 도는 지영이 나왔다.

“와, 이제야 좀 사람 같네. 다음엔 좀 연하게 할까 봐. 너무 진하다. 그렇지?”

“지금은 늦지 않았을까요? 이미 촬영 다 했는데.”

“아… 그것도 그러네? 에이, 아깝다.”

“아깝기는요. 다음 영화 때 하면 되죠.”

“그러고 싶은데 숙 왕야 그 작품도 너 하얗게 나올 예정이라던데?”

“그래요?”

“응, 캐릭터 콘티 보니 그렇더라.”

“그럼 그다음에?”

“그건 너무 길어! 자, 다 됐다.”

“수고했어요, 누나.”

“호호, 수고는 무슨. 내 일인데.”

의자에서 일어난 지영은 한정연이 건네준 자신의 사복으로 갈아입고 나왔다. 오늘 지영의 신은 이걸로 마무리다. 옷을 갈아입고 밖으로 나온 지영은 다시 분주히 다음 촬영장으로 향하는 스태프들을 따라갔다.

지영이 도착하기도 전 첫 촬영으로 황정만과 임수민이 의사를 만나는 신, 복도를 걸으며 대화를 나누는 신, 임수민이 극중 딸과 만나 안타까운 감정을 토해내고 그걸 안쓰럽게 지켜보는 황정만의 신까지 전부 끝났다.

이제 서원과 이수진이 병원 로비에서 마주치고, 밖으로 나가 벤치에서 대화를 나누는 신을 찍으면 오늘 촬영도 마무리된다. 로비에 도착하자 이미 신을 준비 중인 서원과 이수진이 보였다.

주변에서 그녀들을 구경하는 환자들이 좀 있었지만 촬영에 지장을 줄 정도는 아니었다.

“자자, 병원 신은 오늘밖에 허가 못 받았고, 환자분들 더 신경 쓰게 하면 안 되니까 한 번에 가요. 다들 알았죠?”

이민정 감독의 크지도 작지도 않은 말에 스태프들과 보조 출연자들이 고개를 무겁게 끄덕였다. 저런 걸 보면 이민정 감독도 참 사람이 좋았다. 스태프들이 준비를 끝내기 무섭게 액션 사인이 떨어졌다.

병원 로비 의자에 앉아 고개를 푹 숙이고 있는 소희. 풀이 죽은 건지, 아니면 어디가 아픈 건지 아리송한 모습이었다. 잠시 뒤 폰을 꺼내 꾹꾹 메시지를 입력해 보낸 소희는 머리를 짧게 털고는 고개를 들었다. 그리고 마침 그때, 수호의 앞에서는 보여주지 않았던 우울한 얼굴을 하고 있는 미소와 소희의 시선이 딱 마주쳤다.

“……”

“……”

그날 이후 학교에서도 서먹서먹해진 둘 사이에는 알 수 없는 정적이 흘렀다. 그리고 다시 잠시 뒤에 소희는 시선을 슬그머니 돌리면서 아랫입술을 깨물었고, 미소는 반대로 성큼성큼 다가가 그녀의 옆에 앉았다. 그러자 놀라서 고개를 다시 돌린 소희에게 미소가 작고, 힘없이 우울한 목소리로 한마디를 툭 던졌다.

"얘기 좀 해."

"…응."

"……."

"……."

"컷!"

아주 잠깐 어색한 침묵이 도는 순간 이민정 감독은 컷 사인을 내고는 둘을 손짓으로 불렀다. 그러곤 장면을 다시 보여주며 몇 군데를 지적했다. 이해를 했는지 두 여배우가 고개를 끄덕이자 다시 신 준비에 들어갔다. 서원은 신에 들어가기 전, 예전에 지영과 춤을 췄었던 조연 배우에게 가서 뭔가를 상의하더니 3분 만에 다시 제자리로 돌아갔다. 그렇게 모든 배우가 다시 자신의 위치에 서자 언제나 그랬던 것처럼 정적이 찾아왔다.

"레디, 액션."

첫 번째와 똑같이 진행되지만 아까보다는 긴장감이 훨씬 서려 있었다. 중간중간 서원이 몸짓으로 긴장감을 조성했다. 아까 조연 배우와 의논한 게 아마 저런 몸짓일 것이다. 그런데 지영도, 옆에서 지켜보던 황정만도 헛웃음을 터뜨렸다.

'저걸 잠깐 상의하고 바로 연기에 접목한다고? 하여간…….'

천재들이란 역시 궤가 달랐다.

아무리 조언을 들었다고 하더라도 자신이 본래 준비해 놓았던 연기에 섞어 내보인다는 건 사실 정말 힘들다.

왜?

연기에도 호흡이 있고 흐름이 있는데, 다른 게 들어오는 순간 그게 제대로 꼬여 버리기 때문이다. 이번 신도 분명히 서원은 자신만의 연기를 준비했을 것이다. 하지만 이민정 감독에게 뭔가 부족한 부분을 듣고, 전통 무용을 전공한 조연 배우에게 조언을 구하고 그걸 즉각 연기에 덧씌웠다.

애드리브라면 그럴 수도 있지만 서원은 애드리브를 치는 배우도 아니고, 그럴 짬도 아니었다. 그리고 실제로 애드리브를 할 생각도 없는 그녀였다. 서원은 그냥 준비한 것에 조언을 합쳐 버렸다.

배우들이 가진 상식이 와장창 깨지는 순간이었다.

하지만 서원만 또 대단한 건 아니었다.

이수진의 행동도, 눈빛도, 얘기 좀 하자는 발음까지도 모든 게 묘하게 변해 버렸다.

"아따… 꼬맹이들이 아주 그냥 날아다니는구먼."

옆에 있던 황정만도 당연히 그걸 알아보곤 감탄을 아주 작게 쏟아냈다.

"컷!"

두 번째 사인이 떨어졌고, 이민정 감독은 박수를 짝짝 쳤다. 신을 확인하기도 전에 박수를 저렇게 치는 건 이민정 감독 특유의 칭찬이었다. 그리고 보통 저렇게 행동하면 재촬영은 없었다. 지영도 이번 둘의 장면은 아주 잘 나왔다고 생각했다. 하지만 그래도 확인은 해야 했고, 신이 마무리됐다.

"자자, 바로 마지막 촬영 들어갈게요!"

이민정 감독의 지시에 스태프들이 바로 촬영 기기들을 밖으로 가지고 나갔다.

"슬슬 우리도 움직이자. 내 아는 명당 있는데 거긴 지금 안 가면 못 앉어."

황정만의 말에 지영은 잠시 그를 빤히 바라보다가, 졌다는 표정으로 고개를 절레절레 저었다. 지영은 저들의 마지막 장면을 보고 싶었지만, 황정만의 저 고집을 꺾을 자신이 없어 그냥 고개를 끄덕였다.

"수민아! 아야!"

밖으로 나온 황정만이 이산가족 찾는 얼굴로 임수민을 부르자 서원과 이수진과 함께 있던 임수민이 고개를 돌려 바라봤다.

"왜요!"

"우리 거기 가 자리 잡고 있을 테니께 끝나면 바로 넘어온나!"

"또 마시게요?"

"아따! 제주도 왔으면 다금바리 한 접시 때려줘야 안 카겠나!"

"어휴……. 알았어요!"

"그래그래, 바로 온나! 자, 가자."

황정만의 술 사랑을 이길 사람이 과연 있을까 싶었다. 지영은 그의 차에 타기 전에 김지혜에게 전화를 걸어 술자리가 있음을 설명하곤 한정연, 이성은, 그리고 휴가 겸 같이 내려온 사무실 직원들과 알아서 저녁을 먹으라고 하고는 차에 올라탔다.

"다금바리 무봤나?"

"아니요. 제가 회를 싫어하는 건 아닌데 찾아서 즐겨 먹는 정도는 아니거든요. 저는 육고기파입니다."

"아하, 그냐? 오늘 함 무봐라. 죽인다는 말뜻이 뭔지 알 기다."

"네네, 근데 여기서 멀어요?"

"삼십 분쯤 가면 된다. 와?"

"그렇게 좋은 거면 우리 팀원들도 거기로 오라고 할까 해서요."

다금바리.

말로만 들었던 고기다.

원래는 그냥 팀원들끼리 먹게 해주고 싶었지만 그렇게 맛있으면 다 같이 먹는 것도 나쁘지 않을 것 같았다. 물론, 자신이 살 생각이었다. 지영은 먹는 거에 돈을 절대 아끼지 않는 편이었다.

"그르케 해라. 몇 명 모이는 것보다 왁자지껄하게 먹는 게 또 술맛이 산다 안 카나."

그새 변한 사투리지만 이제는 충분히 면역이 된 지영은 폰을 꺼내 다시 김지혜에게 전화를 걸었다.

"거기 상호명이 어떻게 돼요?"

"다사랑 횟집이다."

전달하기 심플해서 마음에 드는 상호명이다.

—네, 지영 씨.

"전데요. 혹시 다 같이 있어요?"

—네, 지금 메뉴 정하고 있어요.

"아, 그럼 혹시 다금바리는 어때요? 정만 형님이랑 같이 가는 중인데 그게 그렇게 맛있다고 해서 제가 사드리고 싶은데."

—그래요? 잠시만요.

김지혜가 의견을 구하는지 잠시 소란스러운 소리가 들리더니, 1분이 채 지나기도 전에 다시 목소리가 넘어왔다.

—다들 괜찮다고 하네요. 어디로 가면 될까요?

"다행이네요. 다사랑 횟집 치고 오면 됩니다."

—네, 지금 바로 이동할게요.

"네, 맛집이라니까 사람 차기 전에 얼른 오세요."

—네, 그럼.

뚝 전화가 끊기자 이번엔 황정만이 폰을 꺼내 들었다.

"여보셔? 어어, 나여. 자리 있는가? 이이, 나 지금 가고 있어라. 그럼 옥상으로 테이블 네 개만 잡아줘. 에이, 오늘 날씨 훈훈해서 괜찮여. 불도 지펴줄 거잖여? 오케이. 금방 갈 테니께 싱싱한 놈 넉넉하게 준비해 줘. 그려그려."

미리 예약한 황정만은 이후 뭐가 그리 좋은지 싱글벙글이었다.

"술 마시는 게 그렇게 좋아요?"

"술이야 좋제. 근데 나는 그 자리가 더 좋아야. 사람은 부대끼며 살아야 하는 법이제."

지이잉.

그렇게 대답한 황정만은 창문을 열고 담배를 꺼내 물었다.

치익.

"후우… 너도 한 대 피워."

"저는 가서 피울게요."

"에헤이, 우리 벌써 맞담배 뜬 지가 언젠데 뭐 어떠. 그냥 피워."

하하…….

누가 봤으면 시건방지다고 욕할 행동을 서슴없이 권한다. 지영이 그래도 피우지 않자 직접 불까지 붙여 건네주는 바람에 지영은 헛웃음을 흘리고는 그냥 입에 물었다.

"아따… 다금바리 묵기 좋은 날씨다!"

반창꼬란 영화에서 나온 배우의 명대사를 크게 소리치는 황정만을 보며 지영은 그냥 실소만 흘렸다.

차는 이후 20분쯤 달려 목적지에 도착했다. 차에서 내린 지영은 일단 감탄부터 터뜨렸다.

"오……."

"경치 죽이제?"

치익.

또 입에 담배를 문 황정만은 바닷바람에 찡그린 얼굴로 바다를 바라봤다.

"좋네요."

찰싹찰싹하는 파도 소리가 매우 인상적이었고, 주변에 혼자 동떨어져 있는 횟집이라 그런지 분위기가 딱 지영 스타일이었다. 담배를 반도 안 피우고 버린 그가 성큼성큼 가게 안으로 들어갔다.

"형님, 나 왔수."

"정만이 왔냐?"

지영은 그 소리가 들리고 나서야 몸을 돌려 가게를 바라봤다. 크지도 작지도 않은 2층 건물이었다. 2층은 유리문으로 사방을 막아놓은 구조였기 때문에 불만 피운다면 그리 추울 것 같진 않았다.

그리고 2층은 확실히 주변 경치를 즐기며 식사를 하기에 딱 좋아 보였다.

"나중에 가족이랑 같이 오면 좋겠는데?"

지영은 맛집 탐방 이런 건 잘 안 하는 편이지만, 여기만큼은 가족과 함께 꼭 오고 싶었다. 물론, 일단 음식을 맛본 다음 최종 결정 할 생각이었다. 벌써 2층으로 올라가 손짓하는 황정만 때문에 생각은 이만 접고 들어가자 정갈한 느낌이 물씬 풍기는 인테리어가 지영을 반겼다.

"으떠냐?"

의기양양한 황정만의 말에 지영은 말없이 엄치를 척 들었다. 나이 차이가 엄청 나지만 이제는 서로 이렇게 대화를 나눠도 충분한 사이가 됐다. 아니, 오히려 황정만이 이런 관계가 되기를 원했다.

자리에 앉아 기다리기를 20분쯤, 김지혜와 한정연 등이 도착해 2층으로 올라왔다. 신기한지 꺅꺅거리면서 사진을 찍는 모습을 잠시 보고 웃고 있는데, 김지혜가 조용히 슥 다가왔다.

"전달할 사항이 있습니다."

"……."

지영은 귀에 작게 소곤거린 김지혜를 잠시 봤다가, 자리에서 일어났다.

"잠깐 얘기 좀 하고 올게요."

"그려그려, 곧 음식 나오니까 오래 걸리지는 말고."

"네."

1층으로 다시 내려와 음식점의 뒤편 공터로 나가자 김지혜가 폰을 내밀었다. 폰에는 막 검색대를 통과하고 공항 로비로 이동해 나오는 두 여성의 영상이 틀어져 있었다.

"시크릿 레이디와 마타 하리입니다."

"……."

하…….

어째 조용하다 했다.

Chapter75

반갑지 않은 손님들

영화 한 편 찍는 동안 대체 뭔 놈의 일이 이렇게 많이 일어나는지 어이가 없을 지경이었다. 결국 '하아' 한숨을 쏟아낸 지영은 폰을 다시 김지혜에게 돌려줬다.

"어디서 얻은 정보인가요?"

"공항 직원으로 있는 요원입니다."

"공항 직원… 그런 걸 저한테 얘기해 줘도 되나요?"

"어차피 같이 가기로 한 이상 숨기는 것보단 솔직하게 오픈하라는 막의 지시가 있었습니다."

"그건 좋네요. 후우, 좋아요. 시크릿 레이디, 마타 하리, 둘다 인터폴 적색 수배 등급의 히트 맨들, 맞나요?"

"네, 주로 정재계 인사들을 타깃으로 삼습니다."

"흠……."

남자 히트 맨과 여자 히트 맨은 사실상 큰 차이는 안 난다. 하지만 여성 히트 맨은 사용할 수 있는 암살 방법이 남자보다는 조금 더 많았다. 예를 든다면 미인계가 아주 대표적이다.

'옛날에도 그랬지.'

치마 안에 칼을 품고 들어와 목표의 목을 가르는 수법은 아주 전통적인 암살 방법 중 하나였다.

"어디로 움직였습니까?"

"차량을 갈아타면서 서울 도심으로 들어와 자취를 감췄습니다."

"또 놓쳤네요?"

"죄송합니다."

지영은 요즘 부뚜막이 많이 휘청거리고 있다는 걸 알고 있었다. 막의 반이 따로 떨어져 나가 버리니 인원 보충에도 애를 먹고 있었고, 그러면서 구멍이 송송 난 것 같았다. 물론 그래도 부뚜막은 부뚜막이었다.

'공항에 입국하자마자 알아낸 것만 해도 충분히 저력이 남아 있긴 하지.'

하지만 거기까지였다.

폭탄 테러 때도 임수민이 해결을 해줬다. 벼르고 있던 김지혜는 결국 지영이 먼저 해결을 해버리자 자존심이 상한 듯했지만, 그래도 이미 끝난 일을 어떻게 할 수는 없었다.

"어떻게 하겠습니까?"

"일단은 그냥 두죠. 주변에 경호원도 많고 하니 당분간은 움직이기 힘들 거예요."

"네, 알겠습니다."

"먼저 올라가세요. 담배 한 대 피우고 올라갈 테니까."

"네."

김지혜가 다시 2층으로 올라가자 지영은 담배를 꺼내 입에 물었다.

치익.

"후우… 거참."

귀찮게들도 한다…….

지영은 잠깐 생각해 봤다.

그래, 또 그 광신도들이 자신을 타깃으로 잡고 암살 의뢰를 그 두 히트 맨에게 넣었다고 치자.

'그런데 그렇게 엉성하다고?'

이미 공항 들어오면서 찍혔다. 뭔 깡다구인지 영상으로 본 두 사람은 선글라스도 끼지 않았다. 게다가 분장도 안 했다. 화장도 옅었다. 프로그램을 돌리면 순식간에 잡힐 정도로 당당하게 한국에 들어왔다. 서울 도심으로 들어오면서 차를 몇 번이나 갈아타며 종적을 감추기는 했지만 일단 처음에 자신의 존재를 노출시켰다는 게 훨씬 더 중요했다.

"후우……."

연기를 내뿜은 지영은 이게 왜인지 메시지 같단 생각이 들었다. 전처럼 몰래 들어오려다가 정보망에 걸린 것도 아니고, 이번에 대놓고 들어왔기 때문이다. 지영은 폰을 꺼내 김지혜에게 메시지를 보냈다.

[영상이 몇 시쯤이죠?]

보내기 무섭게 30초쯤 있다가 답장이 날아들었다.

[두 시간 전 영상입니다.]

음…….

"두 시간 전이라……."

지영은 폰을 다시 집어넣고 생각에 잠겼다. 아니, 잠기려고 했다.

지잉. 지잉.

"네, 강지영입니다."

—정순철입니다. 지영 씨, 지금 어디십니까?

"저 제주도요. 혹시 근처에 안 계세요?"

—신입 때문에 잠시 본사에 와 있습니다. 지금 제가 바로 찾아갈 테니 절대 한적한 곳이나 조용한 곳에 가지 마십시오.

아, 개방된 장소도 안 됩니다.

피식.

정순철의 말에 지영은 반사적으로 횟집의 2층을 바라봤다. 개폐형 유리문으로 된, 아주 탁 트인 공간이었다. 저기에 있으면 능숙한 사수는 흔들리는 파도에 떠 있는 배 위에서도 저격을 할 수 있을 것이다.

"시크릿 레이디랑 마타 하리 때문인가요?"

—음… 들으셨군요. 네, 맞습니다. 지금 회사 정보망에 두 사람이 인천공항을 통해 입국, 서울로 들어와 잠적한 게 걸렸습니다.

"골치 아프네요. 알겠습니다. 지금 회식 자리라 바로 움직이기는 힘들고, 끝나면 바로 숙소로 돌아갈게요."

—네, 제가 지금 사원들 근접 경호로 돌렸으니 너무 걱정은 마십시오. 그리고 저도 지금 제주도로 출발하겠습니다. 음… 지영 씨 있는 곳까지 두 시간 정도 걸릴 겁니다.

"네."

전화를 끊은 지영은 잠시 폰을 바라보다가, 갑자기 드는 생각에 눈살을 찌푸렸다.

"두 시간이라……."

비행기 시간만 맞으면 벌써 이곳에 도착하고도 남았다. 서울에서 제주도까지 길어야 한 시간이고, 장소만 알면 나와서 택시를 타면 되기 때문이다.

"서울로 들어와서 종적을 감췄다라……. 왜 굳이? 감출 거면 시작부터 제대로 감췄으면 되는데? 굳이 보여줘서 경각심을 가지게 할 필요가 뭐가 있지?"

이거…….

페이크인가?

지영은 천천히 자리에서 일어났다. 그리고 담배를 끄는 척 털며 주변을 조용히 스윽 훑었다.

오른쪽 도로는 조용했다. 하지만 반대쪽에서 택시 한 대가 느리지도, 빠르지도 않은 속도로 다가오고 있었다. 조용히 다가온 택시는 지영의 앞까지 와서 섰다.

피식.

"타이밍 기가 막히네……."

실소를 흘린 지영은 한 걸음 뒤로 물러났다. 선팅이 진하지 않아 뒷좌석에 앉아 있는 두 여인 중 한 명이 오만 원짜리 지폐를 지갑에서 꺼내 기사에게 건네는 모습이 잘 보였다. 아직까지 둘은 지영을 어떻게 할 의도가 전혀 없어 보였다.

딸깍.

뒷문이 열리고 여인 둘이 내렸다.

발목 위 정강이까지 내려오는 강렬한 붉은 코트와 근접 전투에는 정말 조금도 어울리지 않는 굽이 높은 힐, 그리고 푸른 눈동자가 들여다 보이는 선팅이 옅은 선글라스까지, 누가 보면 모델이라고 해도 의심하지 않을 여인들이었다.

'하지만 실상은 사람 죽이는 데 최적화된 킬러들이지.'

지영이 가만히 바라보자 선글라스를 낀 둘은 지영을 보곤 씩 웃었다.

"강지영 씨?"

너무나 당당하게 한국어로 그렇게 물어와서 지영은 그냥 또 피식 실소를 흘리고 말았다.

이미 주변에서 대기 중이던 회사원들이 속속 모습을 드러냈다. 하지만 지영에게 다가오진 못했다. 그들도 이미 상황을 전달받았을 터였다. 무리하게 다가오다가 둘이 지영을 공격하는 상황이 벌어지고, 지영이 다치거나 잘못되기라도 하면 그땐 진짜 시말서 정도로 안 끝나기 때문이었다.

"누구시죠?"

"흠… 알고 있는 것 같은데? 반가워요, 레이첼이에요. 이쪽은 레이나."

키가 더 큰 여인의 소개였다. 그리고 물론 본명일 리는 없었다. 이후 악수를 하자고 손을 척 내미는데, 지영은 그걸 빤히 바라봤다. 중지에 반지를 끼고 있었다. 만약 악수를 했는데 반지에서 독 묻은 침이 쏙 빠져나와 지영의 손을 찌르면?

'이번 생은 여기서 쫑 나는 거지.'

반지를 안 꼈다고 해도 주머니에서 손을 뺐기 때문에 손끝에다 아주 얇은 세침을 끼워놨을 수도 있었다. 그래서 지영은 빤히 손을 바라봤다. 설마 지금 악수하자는 표정을 담고서. 지영은 시선을 다시 들고 그냥 웃었다.

"한국말이 능숙하네요?"

"케이 팝 덕분이죠. 근데 악수 안 할 건가요? 한국은 처음 만나면 이렇게 인사하지 않나요?"

"우리가 처음 만났다고 해도 악수까지 나누며 인사할 사이던가요? 내 목을 노릴지도 모르는 사람들인데?"

"후후, 경계심이 높네요? 당신을 죽이라는 의뢰를 받았다면 우리가 이렇게 당신 앞에 모습을 드러냈겠어요?"

"허허실실이란 말 들어봤어요? 지금 이 상황이 딱 그 말에 들어맞는 것 같은데."

"아닐 수도 있죠."

스윽.

손을 거둔 레이첼은 선글라스를 벗고 우아한 몸짓으로 머리를 쓸어 넘겼다. 그 동작에 회사원들이 움찔움찔하는 게 보였다. 아마 지금 피가 마르는 심정들일 거다. 그러나 반대로 지영은 담담했다.

수많은 생을 거듭하며 영혼에 각인된 능력이 하나 있다. 바로 살의를 품으면 어떤 식으로든 감지할 수 있는 능력이었다.

지금 지영은 태연한 표정의 레이첼과 레이나에게 자신을 해칠 살의를 조금도 느끼지 못하고 있었다.

오히려 긴장하고 있었다.

'왜? 왜 긴장을 하지?'

아니, 그 이전에 지영의 주변에 분명 회사원들이 있는 걸 알고 있었을 텐데 직접 찾아왔다. 설마 이 많은 인원을 따돌릴 자신이 있다는 걸까?

레이첼은 몰라도 말이 없는 레이나는 아주 조금씩 자연스럽게 움직이면서 주변을 살피고 있었다. 미세하게 움직이기 때문에 자세히 관찰하지 않는 이상은 알아채기 힘들 정도였다.

지영은 이쯤 되니 답이 조금씩 보였다.

"당신들, 쫓기고 있군."

"…어머, 그게 무슨 말일까요?"

"굳이 한 박자 늦은 대답을 내놓는 것도 의도적인 거겠지. 누구한테 쫓기고 있지?"

"…확실히 보통이 아니네요?"

"이 정도야 기본이지. 나를 찾아온 건 한국 정보원에 잡히는 게 낫다는 판단을 한 것 같고……. 그런데 이해가 안 가는 부분이 있어."

"그게 뭘까요?"

"바로 인터폴로 넘겨 버리면 어쩌려고 그러지?"

"후후……."

그녀는 대답 대신 그냥 의미심장하게 웃기만 했다. 지영은 이 둘이 뭔가 수를 마련했다는 걸 알 수 있었다.

"아이에스가 고용한 킬러들이겠고… 보호해 달라는 목적으로는 정보를 제공할 작정인 것 같고……. 나름 머리는 잘 굴렸네."

"과찬이에요. 그래도 우리한테 감사하는 마음 정도는 가져 주지 않을래요? 우리가 쫓기는 이유가 어처구니없게도 당신을 암살해 달라는 의뢰를 거절해서니까."

"오긴 왔었나 보네?"

"물론이죠. 근데 아무리 봐도 당신을 잡을 수 있겠단 판단이 안 서더라고요. 어렵사리 구한 쿠삭을 잡는 영상을 보니까 더더욱요."

"판단이 빠르네."

둘이 같이 달려들었어도 사실 원거리 저격 아니면 방법이 없었다. 근거리로는? 둘은 쿠삭을 잡을 때 지영의 몸놀림을 보고 근접전은 아예 포기했다. 게다가 감각도 비상하게 좋아 보여서 독을 이용한 암살도 불가능할 것 같았다.

그래서 둘은 거절했다.

그런데 웬걸?

정보가 새어 나가는 걸 염려한 광신 집단은 오히려 둘의 제거를 다른 히트 맨에게 의뢰했다. 그것도 하나가 아닌 집단에게. 덕분에 초반은 어찌어찌 잘 넘겼지만 지금은 이렇게 쫓기는 신세가 됐다.

그렇게 지구 반 바퀴를 겨우 돌아 한국에 입국, 차라리 지영을 찾아와 스스로 잡히는 방법을 택했다.

물론 그냥 오지는 않았을 것이다.

둘은 분명 모종의 준비를 해놓고, 반드시 탈출할 수 있다는 확신까지 가지고 있을 것이다. 하지만 그런 거야 어차피 자신과는 상관없다는 생각이었다. 중요한 건 자신의 적인가 아닌가에 대한 확신뿐이었다. 그것만 확인이 되면 이 여자들이 어떻게 되든 아무런 상관도 없었다.

지잉! 지잉!

주머니 속의 핸드폰이 제발 좀 받아달라 악을 써대자 지영은 천천히 전화를 꺼냈다. 그러자 레이첼이 손으로 받으란 제스처를 취했다.

"네, 강지영입니다."

—지영 씨! 한 시간! 한 시간만 버텨주십시오!

"정 팀장님."

—네!

"아무래도 이 사람들 저한테 나쁜 마음 먹고 온 건 아닌 것 같네요. 그러니까 너무 걱정 말고 천천히 오세요."

—네? 그게 무슨…….

뚝.

전화를 끊은 지영은 다시 폰을 주머니 속에 넣고 방파제 쪽을 가리켰다.

"잠깐 얘기 좀 할까?"

"좋아요."

깔끔하게 대답한 레이첼과 레이나는 먼저 앞서 걷기 시작했다. 그리고 지영은 조금 옆에 떨어져서 걸었다. 서로의 마음이야 확인했다지만, 그렇다고 바짝 달라붙어 걸을 정도는 또 아니었다.

조금 걸어 벤치가 아닌 동그란 돌 의자에 앉은 지영은 단도직입적으로 물었다.

"원하는 게 뭐야?"

"……."

그러자 레이첼이 말없이 씨익 웃고는, USB 메모리칩 하나를 건넸다.

정순철이 끌고 온 방탄 승합차에 레이첼과 레이나가 수갑이 채워진 채 태워지는 걸 멀리서 지켜보던 지영은 주머니 안에서 손가락을 굴려 레이첼이 건네준 메모리칩을 만지작거렸다. 승합차가 출발하고 달려오는 정순철을 보며 지영은 결심을 끝냈다.

'일단 내가 먼저 보고 결정해야겠어.'

귀찮은 일에 말려들고 싶지 않으면 이대로 정순철에게 건네는 게 맞다. 하지만 레이첼이 굳이 지영에게 건네줬다. 지영은 그만한 이유가 분명히 있을 거라고 봤다.

"헉헉! 괜찮습니까?"

"네, 뭐. 애초에 저를 노리고 온 것 같지도 않은데요, 뭘."

"헉, 헉, 후우……. 다, 다행입니다. 하아……."

크게 숨을 몰아쉬는 정순철에게 지영은 피식 웃고는 담배 하나를 내밀었다. 그러면서 횟집 2층을 봤더니 스태프들과 벌써 도착한 연기자들이 창에 붙어 지영을 바라보고 있었다. 지영은 걱정 말라고 가볍게 손을 흔들어주곤 정순철에게 불을 붙여줬다.

치익.

"후우……. 켁! 콜록! 콜록!"

사레가 들렸는지 거칠게 기침을 하자 근처에 있던 요원이 얼른 달려가 물을 두 병 가지고 왔다. 가져온 물을 벌컥벌컥 마신 정순철은 그제야 좀 살겠다는 표정을 지었다.

"고맙다, 후우……."

"아닙니다, 그럼."

회사원이 다시 자신의 자리로 돌아가고, 정순철은 주변을 훑어보고는 크게 한숨을 내쉬었다.

"그렇게 조심하고, 또 조심한다고 하는데도 이런 일이 결국 일어나는군요. 정말 죄송합니다, 지영 씨."

"아니요. 솔직히 피하고자 하면 어떻게든 피해서 들어올 수 있는 일이었어요. 원래 공격하는 쪽보다 막는 쪽이 더 힘든 법이니까요."

"하… 그렇게 생각해 주시면 정말 감사하긴 한데, 참 할 말이 없습니다."

"괜찮아요. 그보다 저 둘은 어떻게 되나요? 이런 경우 인터폴로 넘기나요? 아마 그들도 이제 슬슬 국정원이 시크릿 레이디와 마타 하리를 잡았다는 정보를 입수했을 텐데."

"일단 일차 조사는 저희 쪽에서 먼저 할 겁니다. 그다음은 브이아이피 의견에 따르게 될 겁니다."

음…….

이재성 대통령이 과연 넘겨줄까?

지영은 아닐 거라고 봤다. 근 20년간 대한민국의 위상은 세계적으로 꽤나 커졌다. 국제사회 발언력도 상당히 커졌다. 심지어 정순철 팀장이 팀을 꾸려 사막에 단독으로 피크닉을 갔다 올 정도로 영향력이 커졌다.

'어쩌면 그런 것까지 계산해서 왔겠지.'

그리고 시간을 질질 끌다가, 어느 순간에 탈출할 작정일 것이다. 지금은 아마 추적자들의 이목을 흐리…….

'잠깐. 유에스비 이건 그럼……. 미끼?'

지영은 거기까지 생각이 미치자 그냥 피식 웃고 말았다. 저 여자들, 어쩌면 지영을 이용해 먹기 위해 온 것일 수도 있었다. 하지만 그 이전에 안에 든 내용물 확인이 먼저란 생각에 지영은 천천히 자리에서 일어났다.

"오늘은 좀 피곤하네요. 더 할 얘기가 있나요?"

"아니요. 아닙니다. 가서 쉬셔도 됩니다."

"네, 그럼."

지영은 일어나 횟집으로 다시 돌아왔다. 2층으로 올라가기 무섭게 사람들이 다가와 무슨 일이냐고 물었지만 지영은 그냥 웃음으로 때우고는 저녁을 가볍게 먹고 피곤하다며 먼저 숙소로 돌아왔다.

숙소로 돌아온 지영은 대충 씻은 후 가져온 노트북을 열고 메모리칩을 연결했다.

지잉, 하는 소리와 함께 프로그램 하나가 자동으로 깔리더니 패스워드 입력창이 떴다. 지영은 소파에 몸을 눕히고 패스워드 창을 가만히 바라봤다.

왜 레이첼은 자신에게 이것을 줬을까? 그리고 이 안에는 뭐가 들었을까?

지영은 왠지 패스워드를 치는 네모난 창이 금단의 상자라는 판도라의 상자 같았다. 그래서 저 창을 열면 세상 모든 해악이 솟구쳐 나올 것 같았다.

물론 지영은 그런 욕구에서 벗어났다. 자신과 상관이 없다면 금은보화가 눈앞에 있어도 깔끔하게 무시할 수 있었다. 그 정도의 정신 수양은 이미 수백 번의 환생으로 인해 충분히 강제로 쌓았다.

그러니 저걸 무시할 수도 있었다.

하지만…….

'나와 관계가 있는 거라면?'

만약 저 안에 지영에게 도움이 되는 정보가 들어 있다면?

그럼 그때는 판도라의 상자가 아니게 된다.

예상치도 못한 이에게 받은 선물이 된다. 그렇기 때문에 지영은 지금 고민을 하고 있었다.

이번 고민은 지영답지 않게 정말 오래 걸렸다. 그래서 나중에는 방 안에서 거의 안 피우는 담배까지 꺼낼 정도였다.

심사숙고.

인터폴 적색 등급 히트 맨이 별것 아닌 정보를 가지고서 미쳤다고 지영에게 찾아오진 않았을 것이다.

'그것도 국정원에 잡힐 각오까지 하고 말이지.'

그러니 분명 뭔가 있다.

지잉. 지잉.

테이블 위해서 울어대는 휴대폰을 보니 은재의 이름이 떠 있었다. 받을까 말까 잠시 고민하던 지영은 이번엔 폰을 들어 거꾸로 내려놨다. 그러자 소리가 죽고 조용해졌다. 그렇게 30분쯤 지났을 때였다.

지영은 상체를 세워 '뭐 해? 비밀번호 안 누르고?' 이렇게 속삭이고 있는 것 같은 패스워드 창에 결국 손을 올렸다.

결정이 섰다.

'본다.'

그건 곧 그 안에 있는 게 무엇이든 감당할 준비가 됐다는 것을 뜻했다. 패스워드는 레이철이 칩을 건네주며 조용히 속삭여 줬다.

총 열 자리의 대소문자와 로마 숫자로 이루어진 비밀번호를 입력하고 나자 창이 까맣게 변했다가, 하얗게 변했다를 반복했다. 그리고 새까만 화면에 주소 하나가 딱 적혀 있었다.

지영은 바로 주소를 긁어다가 주소창으로 옮겨 넣었다. 화면이 다시 변했다. 아무것도 없는 하얀색 방이 나타나더니 다시 패스워드 창이 떴다. 두 번째 패스워드도 알기에 그대로 입력해 넣었다. 그러자 이번엔 지도가 하나 떴다.

지영은 보는 순간 어느 곳인지 알 수 있었다.

"이것 봐라……."

치익.

"후우……."

피식.

하얀 연기가 뭉게뭉게 올라가는 방 안에서 지영의 실소는 이상하게도 섬뜩하게 들렸다. 딸각. 지영은 지도 곳곳에 올라와 있는 물음표를 눌렀다. 그러자 사진 한 장과 그 밑으로 이름이 떠올랐다.

물론 그게 끝이 아니었다.

그 밑으로는 아주 많은 정보들이 적혀 있었다.

"이건 뭐……."

대신 죽여달라는 거냐?

지역 간부의 이름과 사진, 그리고 중간 간부, 그쪽에서 맡는 임무, 병력 수, 무기 수준까지 아주 상세하게 적혀 있었다. 지영은 이 정보를 두 사람이 왜 줬는지 아주 잘 알 것 같았다.

지도 위에 물음표는 총 열다섯 개, 그리고 하나씩 클릭하자 계속 다른 인물 사진과 함께 병력 수, 무기, 임무와 주의 사항까지 전부 상세하게 적혀 있었다. 지영은 물음표를 하나씩 다 확인한 뒤에야 휴대폰을 꺼내 들었다.

전화를 걸고 얼마 지나지 않아 상대가 전화를 받았다.

—네, 지영 씨.

"혹시 근처에 계신가요?"

—네, 숙소에 있습니다.

"그럼 제 숙소로 잠시 오실 수 있을까요?"

—지금 바로 가겠습니다.

뚝.

전화가 끊기고 10분 뒤에 정순철이 숙소 문을 노크했다. 문을 열어주고 차를 내준 지영은 노트북을 그에게 조용히 밀었다. 차를 마시다 말고 정순철은 눈을 끔뻑이면서 화면에 떠 있는 것들을 바라봤다.

그러곤 잠시 뒤에 눈동자가 화등잔 만하게 커졌다.

"이건… 지영 씨?"

"아까 두 사람이 제게 조용히 주고 간 메모리칩에서 나온 정보입니다."

"그… 잠시만요. 일단 확인 좀 하겠습니다."

그는 찻잔을 내려놓고 지도 위에 떠 있는 물음표들을 눌러 안에 담긴 정보를 확인했다.

딸깍, 드르륵, 드르륵, 딸깍, 드르륵, 드르륵.

마우스 클릭 소리와 휠 구르는 소리만 몇 분간 지속되고 난 뒤에야 정순철이 모니터에서 시선을 뗐다.

"아는 사람이 있나요?"

지영은 그렇게 물었고, 정순철은 무거운 얼굴로 고개를 끄덕였다.

"이자, 모하메드 지브릴은 저희 쪽에서도 찾고 있는 자입니다."

정순철이 다시 지영이 화면을 볼 수 있도록 노트북을 돌렸다. 화면에는 아랍인치고 수염이 덥수룩하지 않은 30대 중반에서 40대 초반으로 보이는 사내가 있었다. 눈 끝이 쭉 찢어져 딱 봐도 범죄자 인상이었다.

'지브릴……. 역시 이 새끼였나.'

그리고 그놈은 지영도 아는 놈이었다.

실제로 만난 적은 없지만 서소정의 복수행을 다니며 지겹도록 들었던 이름이었다. 정보원이나 IS 조직원을 잡아 고문을 하면 반드시 나왔던 이름이 지브릴이었다.

'그렇게 악을 쓰면서도 지브릴이 나를 용서하지 않겠다고 했었지?'

하지만 그 당시에는 지영의 테러 사건에 연관되어 있지 않아 그냥 넘어갔던 놈이었다.

"가브리엘을 이슬람식으로 하면 지브릴(Jibra'il)이 됩니다. 그쪽을 책임지는 네 명의 지휘관 중 하나로 알고 있고, 지영 씨가 탈출한 이후 지금까지의 모든 테러를 주도한 범인입니다."

"흠……."

지영은 다시 시선을 아래로 내렸다.

눈 끝이 쪽 찢어진 사내가 마주 노려봐 왔다.

"이걸 정말 그 둘이 주고 간 겁니까?"

"네, 죄송해요. 일단 제가 먼저 확인해 봐야 할 것 같아서 아까는 말 안 했습니다."

"하하, 괜찮습니다. 지금이라도 연락해서 보여줬으니까요. 흠… 그런데 왜 지영 씨에게 주고 간 걸까요? 우리한테 줬어도 충분했을 텐데 말이죠."

"저한테 짐을 하나 씌우려고 한 것 같아요."

"네?"

"대한민국 국가정보원이 아닌, 인간 강지영을 돕겠다는 뜻이죠. 아마 그 둘은 언제고 다시 보게 될 겁니다."

"……."

그게 아니라면 지영에게 굳이 주지 않았을 것이다.

"벌써 시끌시끌하죠?"

"네, 회사 비선용 전화가 아주 요동을 치고 있습니다. 곧 인터폴에서도 공식적인 연락이 올 것으로 보입니다. 아마 신변을 넘겨달라고 하겠지요."

피식.

그럴 줄 알았다.

하지만 지영은 그 둘이 인터폴의 손에 넘어가진 않을 거라고 봤다. 그건 확신이었다.

어떻게 아냐고?

'그렇게 무기력하게 잡혀가려고 내 앞에 모습을 드러내진 않았겠지.'

정보를 준 건 아마 지영이 손써서 IS를 박살 내주길 원해서였을 것이다. 수많은 힘 있는 사람들 중 지영을 고른 건 아직도 이유를 알 수 없지만, 그것만큼은 확실하다고 봤다. 다른 국가에 주지 않은 건 각국의 정치적인 이유가 섞여 탄생한 집단이 IS라는 걸 잘 알아서, 믿을 수 없어서일 것이다.

지잉, 지잉.

정순철의 전화가 울리기 시작했다.

지영은 시계를 흘끔 봤다.

대충 둘이 끌려가고 2시간쯤 지났다.

'탈출하고도 남을 시간이지.'

지영에게도 2시간이면 아주 넉넉한 시간이었다.

"응, 나야. 뭐, 뭐? 대, 대공 미사일……? 근데 폭발력은 없는? 뭔 소리야, 그게! 그래서 그 둘은! 바다로 탈출……. 하아……. 그래, 협조받아서 수색하고. 다친 데들은 없냐? 그래, 무사하다니 다행이다. 알았어, 일단 병원 가서 치료받고 조만간 휴가 나갈 것 같으니까 몸조리 잘들 하고 있어. 그래, 올라가서 보자."

하아…….

전화를 끊은 정순철은 한숨과 함께 고개를 절레절레 저었다.

그냥 저 대화 내용만 보고도 지영은 알 수 있었다.

"너무 신경 쓰지 마세요. 어차피 이렇게 될 일이었으니까."

"도망갈 자신이 있으니 지영 씨 앞에 모습을 드러낸 거군요."

"당연한 일이죠. 인터폴에 수배당한 히트 맨이 미쳤다고 제 앞에 나타났다가 잡혀가겠어요? 아마 국내에 준비를 끝낸 뒤에 들어왔을 거예요."

차량이 아닌, 헬기 같은 걸 사용할 상황이 나오기를 바랐을 거다. 근데 딱 지영이 제주도에 왔다.

그 둘의 당당함은 그런 이유 있는 당당함이었다.

"저는 이만 일어나겠습니다. 아, 아까 들으셨겠지만 조만간 제가 휴가를 가게 될 것 같습니다. 하하."

"네, 잘 다녀오세요. 꼭 건강히 돌아오시고요."

"걱정 마십시오. 하하, 휴가 아닙니까, 휴가."

씩 웃은 그가 메모리칩을 챙겨 나가자, 지영은 창문을 열고 담배를 꺼내 입에 물었다.

치익.

"후우……."

"이제 그쪽도 슬슬 마무리되나……."

지겹도록 자신을 괴롭히던 광신의 손길이 이제는 그 끝을 고할 때가 됐음을 지영은 느꼈다. 물론, 그건 정순철의 휴가가 성공적으로 끝마쳤을 때의 이야기였다. 그의 휴가가 무사히 끝나기를 지영은 조용히 빌었다.

*　　　　*　　　　*

유난히 따사로운 햇살.

수호는 창밖으로 쏟아지는 햇살을 보다가 자신의 손을 바라봤다.

'앙상하네.'

거죽만 겨우 붙어 있는 것 같은 손가락을 보며 수호는 자조적인 웃음을 흘렸다.

밤새 아팠다. 어제도, 그저께도 아팠고, 그 전날도 아파서 몇 번이나 담당의가 달려와 떠나려는 수호의 생명을 되돌려놨다.

지금도 산소 호흡기에 의지해 겨우 숨을 쉬고 있었다.

심장이… 고장 난 심장이 이제는 그만 쉬게 해달라며, 그게 아니라면……. 그게 아니라면, 나라도 살게 해달라며 화를 내고 있는 것 같았다.

삐익, 삐익, 삐익…….

지겹고 지긋지긋한 기계 소리를 들으면서 수호는 많은 걸 내려놓고 있었다. 그러면서 인연들에게 마지막 인사 또한 같이 남기고 있었다. 책상을 펴고 편지지와 펜을 느릿느릿 힘겹게 꺼낸 수호는 새하얀 편지지를 가만히 바라봤다.

'누구에게 써야 하지…….'

사랑하는 부모님? 엄마는 일찍 돌아가셨고, 아빠는 이제 얼굴도 제대로 기억이 안 났다. 그래서 두 사람에게 남길 편지는 없었다.

'이모한테 써야겠다…….'

집안 형편이 어려운 이모.

그래서 이 먼 곳까지 와서 고생하고 있는 이모.

수호는 그녀를 남이라고 생각하지 않았다.

오히려 엄마가 없이 자란 수호는 표현은 못 했지만 그녀를 엄마라고 생각하고 있었다.

'항상 따뜻하게 웃어주고, 항상 포근하게 안아주고, 항상 나만을 생각해 주는 고마운 분……. 이모, 언제나 고마웠어요.'

그런 마음가짐으로 수호는 차근차근 편지를 적어 내려갔다. 30분에 걸쳐 겨우 한 장을 쓴 수호는 뭘 한 것도 없는데 호흡이 가빠지고, 심장이 또 뻐근해짐을 느꼈다. 강력한 진통제의 약효가 떨어지면 찾아오는 증상이었다.

하지만 수호는 멈추지 않았다.

편지를 잘 접어 봉투에 넣고 다른 편지지를 꺼내는 순간 병실 문이 드르륵 열리고 간호사가 들어왔다. 눈이 마주친 간호사는 분명 안타까운 눈빛이었다. 하지만 금세 그 기색을 감추고는 밝게 웃었다.

"수호야, 뭐 하고 있었어?"

"편지 쓰고 있었어요……."

"편지? 그렇구나. 근데 어쩌지? 지금은 약 놓을 시간인데……."

"조금만 있다가 하면 안 돼요?"

"지금 괜찮아? 약효 다 떨어질 시간 됐는데……."

"그냥 참을 만해요. 네? 이따 맞을게요."

"음… 그럼 이십 분 뒤에 다시 온다?"

"에이… 삼십 분은 주세요."

"수호야, 너무 늦으면 누나 혼나."

"부탁할게요."

수호는 애써 웃으며 그렇게 부탁했다.

난처한 얼굴의 간호사는 그런 수호의 애처로운 눈빛에 잠시 고민하다가 결국 고개를 끄덕였다.

"알았어, 그럼 삼십 분. 더 이상은 안 된다?"

"네, 감사합니다."

찌릿…….

꾸벅 고개 숙여 인사를 하려고 했는데 심장이 또 악을 써댔다. 하지만 수호는 인상을 찡그리면 주사를 놓을까 봐 겨우겨우 표정을 구겨지는 걸 참을 수 있었다. 약이 너무 세서 링거에 연결해 주사하면 오 분도 안 되어 감각이 마비되는 것 같은 느낌과 함께 기절하듯 잠에 빠져든다.

수호는 그렇게 잠들기 싫었다.

'이제 얼마 남지도 않았는데…….'

조금이라도 더, 조금이라도 더 눈 떠 있고 싶어. 내려놓고 있지만 결국에 수호도 아직은 어린 학생이라 미련이 남을 수밖에 없었다. 그래서 들키기 싫었다.

"그럼 누나 이따가 올게. 편지 마저 쓰고 있어."

"네, 감사해요, 누나."

"얘는, 감사는?"

예쁘게 흘긴 간호사가 다시 몸을 돌려 밖으로 나가다가 이내 멈칫하곤 다시 돌아봤다.

"맞다, 수호야. 미소라는 학생이 매일 찾아와 너 만나게 해 달라고 하던데……."

"…그래요?"

"응, 일단은 면회 금지니까 안 된다고 막고 있거든. 그래도 말은 해줘야 할 것 같아서."

"…네."

간호사가 다시 몸을 돌려 나가고 나자 수호는 두 번째 편지는 누구에게 쓸지 자동으로 정할 수 있었다.

TO. 고마운 미소에게.

그렇게 상단에 받을 사람을 적은 수호는 잠시 고민에 잠겼다. 무슨 말을 할까……. 그 고마운 미소에게 어떤 말을 남길까. 생각이 정리가 안 됐다. 수호는 일단 미소를 떠올려 봤다. 까무잡잡한 건강한 피부에 웃을 때 하얗게 빛나는 치열, 미인의 기준이라는 오뚝한 콧대에 진한 쌍꺼풀까지, 미소는 예뻤다.

눈이 부시도록.

문득 미소가 입술을 맞추곤 도망치듯 뛰어나갔던 날이 떠올랐다. 씩 웃음이 나옴과 동시에 수호의 볼도 빨개졌다.

첫 뽀뽀.

'뭐라고 정의를 내릴 수 있을까?'

풋풋한 사과향일까?

상큼한 레몬향일까?

수호는 그런 생각과 함께 첫 문장을 적어 내려갔다.

안녕, 미소야?

물음표를 딱 써넣는 순간, 지잉… 하고 심장과 뇌리로 마치 종이 울리는 것 같은 감각이 찾아왔다. 하지만 입술을 꾹 깨물어 참은 수호는 미소를 떠올리면서 편지를 적어 내려갔다. 심장은 아팠지만, 마음도 아프기 시작했지만, 수호는 웃을 수 있었다.

미소는 그런 아이였다.

생각하면 할수록 괜히 실없는 웃음이 나오게 만드는 아이.

햇살과도 같았던 그런 아이.

하지만 그래서 더욱 미안한 아이.

수호는 미소가 좋았다.

하지만 첫사랑의 대상은 안타깝게도 미소가 아니었다.

'왜…….'

우린 그런 인연으로 엮여 있는 걸까?

불현듯 떠오른 미소가 아닌 다른 아이의 얼굴에 수호는 입술을 꾹 깨물었다. 그 아이가, 소희가 소리치던 그날이 떠올랐다.

울면서 앙칼지게 원망을 가득 담아 던지던 말들이 떠올랐다. 그 말들은 소희의 입에서 나와 비수로 변했다. 그다음에야 수호의 가슴에 박혔다. 그리고 아직까지 빠지지 않았다.

강하게 박혀서, 흔들리지도 않을 정도로 단단하게 박혀서 지금까지 그대로 있었다.

수호는 고개를 털었다.

지금은 미소한테 편지를 쓰고 있었다.

'떠올려야 할 사람은… 미소야.'

소희가 아니라…….

수호는 그 아이한테는 편지를 쓰지 않기로 했다.

어떻게 쓸 수 있을까?

자기가 한 일은 아니지만 동생이 받을 심장을 새치기해서 받은 자신인데. 어떻게, 무슨 염치로 글을 남길 수 있을까.

그렇게 받은 심장으로도 겨우 이런 자신인데, 무슨 면목으로 그녀를 떠올릴 수 있을까?

10분, 20분, 수호는 한 자 한 자 정성을 들여 글을 써 내려갔다. 미소가 받았을 때, 아마도 울겠지만 그래도 편지를 보며 웃을 수 있기를 바라는 마음으로 한 자씩, 그렇게 써 내려갔다.

보잘것없고 아프기만 했던 나를 좋아해 줘서 너에게 너무 감사해.

뚝, 뚝, 후두둑.

"어……? 어? 아, 아……."

갑자기 편지지 위로 떨어진 눈물에 수호는 고개를 들었다. 망막에 습기가 차서 천장의 무늬가 이상하게 물결쳤다.

슬펐다.

심장에 쥐가…….

"아……?"

지잉…….

"아윽……."

머리와 심장에 다시금 종이 쳤다.

그런데 이번 종은 길었다. 그리고 불길한 감정을 가득 담고 있었다. 수호는 거의 본능적으로 손을 뻗어 벨로 가져갔다. 거리는 한 뼘 조금 넘는 정도인데, 이상하게 멀었다. 손이 부들부들 떨리면서 마치 한참을 슬로모션으로 가는 것처럼 느껴졌다.

두근두근!

두근! 두근! 두근!

심장이 이상하게 뛰었다.

브레이크가 고장 난 기차처럼 무지막지한 속도로 뛰기 시작했음을 수호가 느꼈을 때, 손은 그제야 벨에 닿았다.

삐이이……!

날카로운 소리가 수호의 귓가를 치고 지나갔을 때, 수호의 시야는 반대로 멀어졌다.

'아… 안 되는데…….'

편지 마무리 지어야 되는데…….

털썩.

삐이, 이이이, 이이이…….

몸에 부착된 기계가 내는 소리가 아련하게 들려왔다.

'이렇게… 고작 이렇게…….'

끝나는 거였어……?

수호는 눈물이 핑 돌았다.

하지만 그래도 옛날부터 다짐했던 것처럼 마지막은 웃기 위해 애써 입술을 말았다. 실룩, 실룩……. 하지만 잘되지 않았다.

지잉……!

심장에 다시 한번 종이 치고, 시야가 새까맣게 변하기 시작했다.

드르륵!

"에헤헤, 수호……! 아, 수호야! 야! 정수호!"

수호야.

수호야…….

수호야……!

익숙한 목소리를 가진 친구가 들어오면서 부르는 자신의 이

름이 메아리처럼 울렸을 때, 마지막 메아리를 들었을 때, 시야
가 꺼졌다.

'나 이렇게 끝내기는 싫…….'

암흑.

어둠.

그리고 익숙한 공간이 펼쳐졌다.

* * *

"커… 엇!"

짝짝짝!

이민정 감독이 일어나서 치는 박수 소리에 지영은 천천히 눈을 떴다. 당황한 얼굴로 앞에 서 있던 이수진이 씩 웃고 있었다.

"고생하셨습니다, 선배님!"

"아직 신 확인 안 했거든?"

침대에서 일어난 지영은 이민정 감독을 따라 다 같이 박수를 치고 있는 스테프들을 보다가, 고개를 꾸벅 숙였다.

"수고하셨습니다, 수고하셨습니다."

이민정 감독의 박수는 신호였다.

정수호의 공식 신이 전부 끝났음을 알리는 신호 말이다. 실

제로 오늘의 촬영이 마지막이었다. 이 신 이전에 이미 혼수상태에 빠진 수호를 찾아온 소희와 미소의 신도 다 찍었다. 혼자 조용히 찾아온 심수철과의 대화 신도 찍었고, 박윤경이 미안하다며 손을 잡고 우는 신도 전부 찍었다.

그러니 이걸로 지영의 신은 전부 끝이 났다.

이민정 감독과 스태프들의 박수는 그동안 고생했다는 의미의 박수였다. 그리고 신을 확인하기도 전에 이런 박수가 나왔다는 건, 안 봐도 완벽했다는 의미이기도 했다. 병실 문이 다시 열리고 심소희 역의 서원이 교복을 입은 상태로 꽃을 안고서 들어왔다.

지영은 그냥 그걸 보며 웃고 말았다.

영화 한두 번 찍는 것도 아니지만 이렇게 꽃을 받아보긴 또 처음이었다.

“고마워.”

“아니야, 고생했어.”

지영이 꽃을 받으며 한 말을 서원이 예쁜 목소리와 미소로 받았다. 그러곤 다시 주변에 인사를 하고 신을 확인했다. 이민정 감독이 일어나 박수를 친 것만 봐도 알 수 있듯이, 신은 완벽했다. 그렇게 신 확인까지 끝나자, 다시 한번 큰 박수가 터져 나왔다.

본래는 영화가 다 끝났을 때나 나올 박수지만 워낙에 촬영 기간 동안 탈이 많았던 지영에게 고생했다는 의미로 쳐주는 박수였다. 지영은 인사를 하고는 대기실로 이동했다. 문을 열고 들어가자 막 메이크업을 받고 있던 임수민이 씩 웃으며 말했다.

"고생했어."

"고생은요. 누나는 얼마나 남았어요?"

"나는 이틀? 삼 일? 오래 걸리면 사오 일쯤 걸릴 수도 있어."

"좀 남았네요? 마무리 잘 부탁해요."

"후후, 그래야지. 뒤풀이 때 올 거지?"

"가야죠."

털썩.

임수민의 옆에 앉자 이성은이 얼른 다가와 수척하다 못해 창백한 메이크업을 천천히 꼼꼼하게 지워주기 시작했다. 메이크업을 싹 지우고 수분 크림을 잔뜩 발라 반들반들하게 만들어주고 나서야 이성은이 떨어졌다.

거울을 잠시 보던 지영은 어느새 밖으로 나간 임수민의 빈자리를 보다가 의자에서 일어났다.

"저 옥상 좀 갔다가 올게요."

"그래. 갔다가 바로 숙소로 갈 거야?"

"그래야죠."

"알았어. 정리하고 있을게."

"네."

대기실을 나온 지영은 촬영 동안 특별히 개방된 옥상으로 향했다. 덜컹! 문을 열기 무섭게 세찬 바람이 지영을 덮쳤다.

치익.

"후……"

난간에 팔을 걸친 지영은 저 멀리 보이는 바다에 시선을 던졌다. 테러리스트도 그랬지만 이번 작품도 참 촬영 중 많은 일이 있었다. 그래도 지영은 정순철이 며칠 전에 휴가를 떠났으니 다치지 말고 꼭 조심히 돌아가기를 바랬다.

잠시 바다를 보던 지영은 폰을 꺼내 은재에게 전화를 걸었다.

—요! 내 남자!

"뭐 하고 있었어?"

—나? 글 쓰고 있었지, 흐흐. 내 남자는?

"이제 막 촬영 끝났어."

—오! 그럼 이제 다 끝난 거지?

"응, 이번 작품은."

—그럼 오늘 집에 와?

"아니? 내일 점심에 가."

—에이… 아쉽다. 알았어! 얼른 와!

"응."

—그럼 나는 다시 글 쓰러! 뿅!

전화를 끊은 지영은 담배를 마저 피우고, 꽁초를 버린 다음 몸을 돌렸다.

휘이잉!

뒤늦게 불어온 바람이 지영이 있던 공간을 쓸며 그를 찾았지만, 그는 이미 다시 안으로 들어간 뒤였다.

이렇게 말도 많고 탈도 많던 작품 하나가 또 끝이 났다.

Chapter76

폭군(暴君)

작품 하나가 끝났지만 지영은 며칠 쉬지 못했다. 딱 일주일, 일주일밖에 쉬지 못하고 곧바로 숙 왕야의 배우들과 미팅을 가졌다. 박종찬 감독과 심은정 작가도 참 오랜만에 만났다. 둘은 지영을 보자 처음에는 좀 어색해했다.

지영의 데뷔작이라 할 수 있는 '제국인가, 사랑인가'에서 어린 숙 역할을 맡으며 두 사람과 인연을 맺었다. 그때는 지영이 아직 어릴 때였다. 고작 여덟 살이었다. 그리고 두 번째 작품인 '리틀 사이코패스' 때는 아홉 살이었다. 정신적으로 매우 많이 성숙해서 지금과 다를 게 정말 조금도 없었지만 그들의 눈엔 아마 좀 다르게 보이기도 한 것 같았다.

"이야… 예나 지금이나 지영이 넌 참 매력 있는 마스크라니까?"

신은정 작가가 술이 들어가 볼을 발갛게 물들인 채로 지영을 칭찬했고, 지영은 그냥 웃기만 했다.

갑작스럽게 스케줄이 생긴 최민석은 좀 늦어 지금은 딱 셋이 저녁을 먹고 있었다.

"마감은 끝났어요?"

"마무리야 했지. 근데 하면서 부족하다 생각되는 부분은 그때그때 고쳐가면서 찍을 생각이야."

"흠……."

뭐, 나쁘지 않았다.

임수연 작가도 처음에는 좀 고집스러운 부분이 있었는데 지금은 주변의 조언을 잘 받아들여 중간중간 수정 과정을 여러 번 거쳤다. 이수진이 맡은 미소 캐릭터의 분량이 늘어난 것도 그런 이유에서였다.

"배우들은요? 다 캐스팅 끝났어요?"

"그럼? 야, 이번엔 진짜 장난 아니다. 네가 숙 역할 맡을 거라는 얘기 듣고 여기저기서 연락 온 게 못해도 백 통이다, 백 통."

"네? 왜요?"

"몰라서 묻냐?"

아니, 알고 있었다.

하지만 그냥 적당히 모른 척하는 것도 가끔 해줘야 하는 법이라 지영은 생각했다.

"모르니까 묻죠."

"거짓말은. 어쨌든 왜 전화가 왔겠냐? 다 너 때문이지."

"으음……."

지영이 슬슬 아는 척을 하자 신은정 감독과 박종찬 감독이 그냥 피식 웃었다. 지영도 그냥 씩 웃고는 그만뒀다. 어차피 자신을 가장 잘 아는 사람들 중 하나인지라 어지간해서는 역시 먹히지 않았다.

"끼워 팔기는 아닐 거고, 제 덕 좀 보자는 건가요?"

"그래, 그게 정답이다. 대한민국 역사상 너만 한 티켓 파워를 보여줬던 배우가 또 있었냐? 한사랑이 봐. 걔 지금 그 나이 또래 몸값 원톱이다, 원톱."

"그건 들었어요."

테러리스트에 같이 출연했던 한사랑은 사실 그렇게 분량이 많은 것도 아니었다. 주연으로 이름을 올렸지만 분량을 보면 주조연에 가까웠다. 하지만 그럼에도 그녀의 주가는 말 그대로 미친 것처럼 솟구쳤다.

상승 곡선 정도가 아니라 상영 중반이 지나갈 때쯤은 아예 수직으로 솟구쳐 그래프를 뚫고 나가 버렸단 말이 나돌 정도였다. 대한민국의 굵직한 광고는 죄다 잡아챘고, 티브이만 틀면 나온다는 말을 몸소 실천한 배우가 됐다.

"사랑이가 엄청 찍긴 했죠. 에어컨, 냉장고, 자동차, 가방, 지갑, 구두, 아웃 도어, 청소기에 밥솥, 라면, 음료 등등 대기업 광고는 싹 가져갔잖아?"

저 말은 참이었다.

그래서 지영은 좀 쓴웃음을 지었다.

"동료 배우들한테 욕 좀 먹겠는데요?"

"당연하지? 상도덕이라는 게 그래도 있는데……."

하지만 말이 상도덕이지, 연예인처럼 미래가 불안정한 직업은 물 들어왔을 때 바짝 노를 젓는 거야 아주 당연한 일이었다. 그래서 지영은 쓴웃음을 짓긴 했지만 한사랑의 선택이 잘못됐다고 생각하진 않았다.

"애초에 그녀한테 크게 선택권도 없었을 거예요. 소속사에서 하자고 하면 그냥 네, 하고 했을 테니. 게다가 아이돌 소속사잖아요?"

아이돌 소속사는 진짜 노 젓는 데 특화된 기획사다. 반응이 나오면 끝없이 푸시하면서 소속 아이돌을 굴리고, 그러다가 이런저런 사고도 많이 난다. 한사랑의 소속사도 크게 그 범주에서 벗어나진 못했다.

"그래서 어떻게 하셨어요?"

지영은 박종찬 감독을 보며 단도직입적으로 그렇게 물었다. 이런 말은 일견 무례하거나 건방지게 들릴 수도 있지만 지영이 말했기에 박종찬 감독은 크게 개의치 않았다. 다른 사람도 아니고 지영이다.

요즘 강지영의 위상은 지영 본인만 느끼지 못할 뿐이지, 진짜 장난이 아니었다. 일단 검찰총장의 아들이라는 점은 빼더라도 지영 본인의 인기는 한국은 물론, 전 세계에서도 알아줬다. 특히 하이재킹에서 살아 돌아오면서 그는 희망의 아이콘이 됐다. 사실 지영의 소속사로 들어오는 초청도 엄청났다. 이런저런 시상식은 물론 국제 기관에서도 지영에게 손을 내밀었지만 지영은 일체 거절했다.

영화배우로서의 입지도 콘크리트보다 더 단단했다.

다시 돌아와서 첫 작품으로, 비틀렸지만 절대 이해해서도 안 되는 테러리스트의 얘기를 스스로 찍었다. 연기력은? 조금도 빛바래지 않았다. 그의 연기에 답답했던 사람들은 욕지기를 느끼기도 했지만 그 자체가 지영의 연기력에 대한 반응이었다. 그래서 각 나라의 모든 감독들이 지영과 작업을 하고 싶어 메일과 시나리오를 보냈지만 지영은 여전히 오직 끌리는 작품만 찍었다.

얼마 전에 중국에서 지영을 섭외하기 위해 무려 천억을 쓴다는 기사까지 났었다. 그리고 실제로 지영에게 그 시나리오가 들어왔지만 지영은 거절했다. 돈이 목적이 아니었다. 그저 작품이 재미가 없었다.

지영 정도 되면 딱 봐도 보였다. 이 작품이 완성되었을 때, 어떤 그림이 나올지.

그렇게 무려 천억짜리였던 봉신도—영웅의 탄생 시나리오는 파쇄기에 들어가 곱게 갈렸다.

그러니 지영의 입지는 다이아쯤 될까?

어쨌든 그랬다.

그리고 그걸 박종찬 감독과 신은정 작가는 아주 잘 알고 있었다. 지영답지 않게 벌써 지금 세 작품을 연달아 찍는 것도 알고 있어서 사실 둘은 좀 조심스럽기까지 했다.

거무튀튀한 자기 잔에 담겨 있던 소흥주(紹興酒)를 넘긴 박종찬은 씩 웃으며 지영의 말에 답했다.

"당연히 전부 거절했지. 생각하고 있던 배우들 자리 말고, 남은 자리는 전부 오디션으로 공평하게 뽑았어. 왜, 요번에 너랑 같이 작품 했던 이수진이, 걔도 진짜 실력만 보고 뽑은 거야."

"들었어요. 수진이 많이 늘었죠?"

"그래, 전자들 살펴봤는데 장난 아니게 늘었던데?"

"정만 형님이랑 수민 누나가 옆에서 봐주잖아요. 그리고 좋은 라이벌도 있고."

"아아, 서원인가 하는 애 말이지?"

"네."

지영이 고개를 끄덕이며 대답하자 신은정 작가가 젓가락에 고기산적을 집은 채로 상체를 불쑥 앞으로 내밀었다.

"걔 연기 잘하니?"

"천재예요."

"천재? 너처럼?"

"음, 아마도요?"

지영이 생각하는 서원은 그런 연기자다.

준비된 완성형 배우.

처음에 새하얀 도화지로 비유했지만 그 자체가 이미 그녀가 갈 길의 완성형에 가까웠다. 이번 작품이 끝나면 물들어 있던 색은 며칠 지나지 않아 싹 빠질 거고, 다시금 새하얀 도화지로 돌아갈 것이다.

지영이 파악한 서원이란 배우는 그런 배우였다.

"흠… 그래? 언제 한번 같이 작품 해보고 싶네."

"뭘 들이밀어도 잘할 친구예요. 믿고 나중에 한번 같이해봐요."

"그래, 그래야겠다."

드르륵.

딱 대화가 끊기는 타이밍에 미닫이문이 열렸고, 안내인과 함께 최민석이 안으로 들어왔다.

"좀 늦었다. 미안하다."

"미안하기는? 어여 앉아 식사해."

박종찬 감독의 대답에 최민석은 철퍼덕 소리가 날 정도로 자리에 앉고는 곧 종업원이 가져다준 국과 찌개를 받아 식사를 시작했다.

'인사도 안 하고?'

지영이 그런 생각을 할 때쯤 벌써 그는 밥을 국에 말아 아예 후루룩 들이켰다.

'허.'

황정만과는 다르게 좀 무식한 사람이라는 걸 그 모습에서 알 수 있었다. 그리고 밥 반 공기를 만 국을 1분도 안 돼서 다 먹고는 술잔을 박종찬 감독한테 내밀었다.

"밥 다 먹었다. 술 먹자, 이제."

"어이고, 하여간 여전하구먼, 여전해. 하하."

꼴꼴꼴.

술잔에 소홍주가 차기 무섭게 그는 잔을 들어 올렸다. 지영도 그에 맞춰 잔을 들어 올렸다. 그런데 그는 지영을 보며 고개를 저었다.

"늦게 왔으니 삼 배는 해야 하지 않겠냐. 좀 기다려라."

"…네."

지영이 대답하자 연거푸 세 잔이 아닌 다섯 잔을 마신 그가 술병을 들고 지영에게 내밀었다. 지영은 가볍게 고개를 돌려 잔을 비우고 술잔을 내밀었다. 그는 술을 따르기 전 지영을 빤히 바라봤다.

"참 이상하다."

"네?"

"아무리 호랑이 간을 가진 젊은 놈도 내 앞에서는 이렇게 편하게 못 있는데, 너는 참 아무렇지도 않은 것 같다."

"긴장하고 있어요."

피식.

대답하기 무섭게 박종찬 감독과 신은정이 또 실소를 터뜨렸다. 지영이 힐끔 사람 무안하게 왜 그러냐고 눈치를 주자 그제야 큼큼거리고 딴 곳을 바라봤다.

"저리 웃을 만하지. 내가 봐도 넌 긴장이란 걸 아예 모르는 것처럼 편해 보인다."

"……."

지영은 그냥 대답 없이 이번엔 웃기만 했다.

뭐, 당연하다면 당연한 일이었다.

솔직히 말해 지영이 그동안 만나왔던 그 수많은 사람들 중 최민석은 특별하다고 해도 될 정도로 위엄이 있었다.

'옛 시대에 태어났다면 분명 병단을 이끄는 장군이 가장 잘 어울렸겠지.'

옛날에 그가 찍었던 영화, 지영이 등장하기 전 대한민국 최고 관객 스코어를 가졌던 '이순신'의 모습만 봐도 그는 정말 압도적인 카리스마를 가졌다.

하지만…….

지영은 실제로 그의 옆에 있었다.

그가 군을 이끄는 모습을 실제로 지켜봤다.

그것뿐인가?

지영 본인이 역사에 길이 남을 영웅의 삶을 산 적도 있었다. 그런 삶을 살았기 때문에 최민석이 대한민국 영화계의 살아 있는 전설이라 할지라도 당연히 어떠한 영향도 지영에게 끼칠 수 없었다.

쪼르르.

잔에 술이 차자 지영은 다시 가볍게 고개를 돌려 잔을 비우고는 물수건을 잔을 닦아 건넸다. 그렇게 다시 한 잔씩 술을 마시고 나서야 본격적인 영화 얘기가 시작됐다.

"투자사야 나랑 박 감독, 그리고 지영이 이 친구가 있으니 걱정 없겠고, 시나리오는 잘빠졌나?"

"그럼. 오랜만에 둘이랑 하는 작업이라 내가 아주 심혈을 기울였지."

"은정이 네가 그렇게 말할 정도면 매끈하겠지."

"스토리 라인에 조금 변경을 줬고, 역할도 조금씩 바꿨어요."

"그래? 이 친구야 당연히 숙 왕야겠고. 그럼 나는?"

"당신 역할은 변경이 없지. 나머지 배우들한테만 조금 변경을 줬어."

"음··· 그럼 다행이고. 안 그래도 이번에 제대로 준비한다고 감정 잡고 다녔는데 지금 와서 바뀌면 난처할 뻔했어."

"후후, 그랬다면 미리 연락했겠지."

나이 차가 몇 살 나지만 둘이 말을 편하게 하는 건 그냥 그런가 보다 하고 넘어간 지영은 그냥 조용히 앞에 있는 반찬 몇 개를 집어 먹었다. 맛있었다. 하지만 유선정이 해주는 음식보단 별로였다.

"자, 한 잔 더 받아라."

"네."

쪼르르.

"찍던 거는 다 끝난 거냐?"

"네, 일단은 제 신은 마무리했고요. 나중에 추가 촬영 있으면 연락 준다고 했으니 그때 가봐야 알 것 같아요."

"그러냐, 다행이다. 컨디션은 어떻고?"

"지금 바로 들어가도 될 정도로 좋습니다."

"그래?"

흐으음…….

묵직한 침음과 함께 최민석의 눈빛이 대번에 변했다. 숙 왕야와 척을 지는 대적(大敵), 악치원(嶽治原)으로 화(化)하고 있었다.

그런 악치원의 눈빛에 자극을 받았던 걸까? 조용히 잠들어 있던 흉왕(凶王)이 섬뜩한 빛을 발하며 눈을 떴다.

악치원으로 화한 최민석의 눈빛도 눈빛이지만, 번들거린다는 표현이 어울릴 정도로 살기에 코팅된 지영의 눈빛은 도를 넘어서고 있었다. 지영은 폭군이 기세가 동화되는 걸 굳이 막지 않았다.

이자, 최민석은 보고 싶어 했다.

어릴 적 '제국인가, 사랑인가'에서 지영이 보여줬던 숙 왕야의 모습을, 그 나이 어린 폭군의 모습을 다시 한번 보고 싶어 했다.

그래서 그동안 그가 노력해 만들어낸 악치원의 모습으로 들어갔다.

지영은 이런 걸 굳이 빼는 성격이 아니었다.

—흐, 흐으음…….

그리고 머릿속에 잠에서 깬 폭군의 기지개가 들렸다. 하지만 지영은 신경 쓰지 않았다. 지금 신경 쓸 대상은 눈에 칙칙

하고 꺼림칙한 기세를 담고 자신을 노려보고 있는 최민석, 아니, 악치원이었다.

'이 정도까지 변할 수 있다니…….'

황정만과 김윤석은 배역을 자신에게 맞추는 스타일이었다. 하지만 최민석, 이 배우는 자신을 배역에 맞추는 스타일이었다.

즉, 철저하게 악지원이 되기로 작정하고 계속 몰입, 또 몰입하면서 스스로가 악치원이 됐다. 정신적으로 엄청 부담이 되는 방식이지만 반대로 보는 사람에게 엄청난 몰입도를 선사할 수 있었다.

지영도 배역에 자신을 맞추는 스타일이었다.

배역과 같은 기억을 끄집어내 아예 다른 사람으로 변하니 말이다.

"……."

"……."

소름 끼치도록 차가운 미소의 지영, 그리고 음흉함과 간사함이 가득 담긴 악치원의 미소는 숨이 막힐 정도였다. 무겁고 칙칙한 침묵이 독실을 감돌았다. 박종찬 감독과 신은정 작가는 둘의 기 싸움을 굳이 말리지 않았다.

작품의 기둥이 될 배우들이었다. 그런 배우들의 기 싸움은 과하면 독이지만, 적당하면 시너지 효과를 제대로 발휘할 걸 알기 때문이었다. 그리고 그가 아는 지영이나 최민석은 절대로 기 싸움을 과하게 하지 않을 거라는 믿음도 있었다.

그런 박종찬 감독의 믿음에 보답하려는 건지 잠시 뒤에 최민석이 피식 웃으며 기 싸움의 끝을 알렸다. 하지만 그건 그만의 생각이었다. 지영은 오히려 더욱 싸늘한 눈빛으로 조용히 입을 열었다.

"제멋대로 시작해 짐(朕)을 자극하더니……."

휙!

그에 안심하고 술잔을 들려던 박종찬 감독과 신은정 작가는 뜨악한 표정이 되어 지영을 얼른 돌아봤다. 마찬가지로 고맙다고 칭찬을 하려던 최민석의 눈빛도 다시 딱딱하게 굳었다.

스윽.

지영이 한쪽 다리를 세워 마치 기방의 여인네들이 사내를 유혹하는 자세를 취하고는 말을 이었다.

"이제야 흥이 좀 오르려 하니 또 제멋대로 끝내는구나……."

씩 웃으며 나온 지영의 말에, 아니, 폭군 이건의 말에 최민석의 표정이 대번에 변했다. 그는 지영이 아직 연기를 풀지 않았다고 생각했다. 그래서 그에 맞장구를 쳐줄 작정이었다. 하지만 그의 생각은 꽤나 많이 엇나가 있었다.

지금 이 말은 지영이 연기를 할 목적으로 뱉은 말이 아니었다. 잠에서 깨 기지개를 시원하게 켠 폭군이 실제로 하는 말이었다. 지영은 굳이 폭군의 말을 막지 않았다. 보고 싶다면 다음엔 이런 짓 못 하게 확실하게 보여주는 게 서로한테도 덜 피곤하고 좋았다.

"왕야께서… 그렇게 말씀하실 줄은 몰랐습니다. 짐이라니요……."

"후후후……."

최민석, 아니, 악치원의 대답에 이건은 시니컬한 웃음을 흘렸다, 그 안에 담긴 감정은 여러 개가 있었고, 전부 다 좋은 감정은 아니었다.

"악치원아… 그대가 황제 폐하의 총애를 받는다고 이 나에게 충고를 하는 것이냐?"

"그저… 잘못된 것을 바로잡아 드렸을 뿐이옵니다……."

"누가 부탁했더냐?"

"저는 제국에 헌신……."

"악치원아, 순 형님의 총애가 있다고 내 너를 어찌하지 못할 거라 생각하면 그건 큰 오산이다. 나를 보거라, 악치원아."

고개를 든 악치원이 숙을 바라봤다.

숙은 여전히 웃고 있었다.

오만과 교만. 그 안에 잠들어 있는 건지, 아니면 조용히 때를 기다리고 있는 건지 잘 모를 냉정하면서도 뜨거운 열정까지. 숙은 제왕의 그릇을 타고났다.

"음……."

악치원은 그런 숙의 모습에 나직한 신음을 흘렸다.

스윽.

숙이 악치원에게 고개를 바짝 들이밀었다.

"모중산의 치마폭에 휘둘리던 걸 내 겨우 바로잡았더니, 이제는 악치원이 그 자리를 대신하고 있구나."

"……."

"내, 제국을 위해 많이 참고 있음이다……. 가서 형님 폐하께 전하거라. 부디 북방을 지키는 이, 숙의 칼날이 제도를 겨누지 않게 해달라고."

"……."

치익.

"후우……."

하얀 연기가 모락모락 피어올랐다.

"그때는… 악치원아, 너의 목이 가장 먼저 성문에 걸릴 것이다."

"……."

스산한 숙의 말에 악치원의 볼이 씰룩였다. 그리고 그 씰룩임은 누가 봐도 수긍했을 때 나올 반응은 아니었다. 오히려 고개를 숙여 흘러내린 머리카락 사이로 악치원의 눈빛은 파랗게 빛나고 있었다. 호랑이를 잡아먹으려 호시탐탐 시기를 노리는 광기에 젖은 이리의 눈빛과 비슷했다.

"컷! 그만! 두 사람 여기까지……!"

박종찬 감독이 그때 끼어들었다.

더 이상 가만히 내버려 뒀다가는 진짜 어디까지 갈지 예상도 가지 않았기 때문이다.

"……."

"……."

이제는 벽에 등을 기댄 숙 왕야, 지영은 여전히 눈빛을 풀지 않았다. 그리고 당연히 최민석도 마찬가지였다. 그러나 곧 신은정 작가가 잔을 젓가락으로 때려 쨍……! 하고 울리자 최민석이 눈을 몇 번 깜빡거리곤 씩 웃었다.

"그만하자."

지영도 그 말에 이쯤에서 폭군을 달래기로 했다.

'오늘은 여기까지.'

—후후, 잠시지만 즐거웠다.

스르륵.

지영은 폭군이 어째서인지 아주 얌전하게 물러가는 걸 이상하게 여겼지만 지금 당장 고민할 때는 아니라 고개를 몇 번 털어 남은 폭군의 영향을 털어냈다.

"네, 선배님."

치이익.

손수건에 담배를 비벼 끈 지영은 꾸벅 고개를 숙였다.

"죄송합니다. 갑자기 흥이 올라서."

"죄송하기는, 많이 배웠다. 이 나라에 너 같은 배우가 있어서 참 다행이다."

"과찬이십니다."

뒤이어 지영은 박종찬 감독과 신은정 작가에게도 고개를 숙여 사과를 했다. 그러나 두 사람은 오히려 그런 지영을 대단히 흡족하게 봤다. 이미 테러리스트에서 봤지만 지금 그를 봄으로써 더 확실해졌다.

숙 왕야.

계속 미련이 남았던 그 차갑고, 오만하며, 교만하기도 하면서 압도적인 기세를 뿜어내야 할 숙 캐릭터는 지영이 아니면 누구도 할 수 없다는 사실을 말이다.

그리고 지영이 숙 왕야의 캐릭터를 기꺼이 받아줘서 그 점도 너무 고마웠다. 한평생을 영화에 미쳐 살던 두 사람이다. 지금 지영이 보여준 숙 왕야의 모습을, 최민석이 보여준 악치원의 모습을 보며 실제 제대로 연기에 들어가면 어떤 그림이 나올지 벌써부터 예상이 되니 온몸을 짜르르한 소름이 훑고 지나갔다.

"어흐, 이거… 흥분되는구먼, 진짜. 허허."

"이 녀석 이거… 생각보다 더 물건이다. 오히려 영상이 이놈 기세를 다 못 담겠어."

박종찬 감독의 말을 최민석이 신기한 눈빛으로 지영을 보면서 받자, 그 말은 신은정 작가가 받았다.

"그렇지? 나도 가끔 느꼈는데 지영이 카리스마는 카메라로 전부 담기 힘들어. 특히 지금 같은 모습은."

"그렇더라."

허허허.

기가 찬지 최민석은 너털웃음을 터뜨렸다.

풍채 좋은 그가 허허거리며 웃자 어쩐지 신선 같은 느낌을 풍겼다. 기분 좋게 웃는 최민석에게 신은정 작가가 씩 웃으며 자랑을 했다.

"나한테 고마워해. 지영이 내가 발굴하고 데뷔시켰으니까."

"그 얘기도 대충 듣긴 들었다. 그때부터 확실히 난놈이었다며?"

"못 봤어? 당시에는 오프 더 레코드였지만 지영이가 송지원이한테 손 뻗고는 물 가져오라니까 걔 쪼르르 가서 공손히 물병을 바치기도 했어."

"송지원이가?"

최민석도 영화판에 오래 있었던 만큼, 같이 작품을 한 적은 없지만 주워듣는 게 워낙에 많아서 송지원이 어떤 여자인지 아주 잘 알고 있었다. 자기 사람과만 만나고 챙기는 전형적인 은둔형 영화배우다. 그리고 성격이 워낙에 깐깐하고, 연기만큼은 진짜 누구에게도 지지 않으려고 드는 성깔을 가지고 있어 프라이드도 굉장히 센 여배우가 바로 송지원이다. 그런 송지원이 물병을 공손하게 가져다 바쳤다는 얘기는 오늘 처음 듣지만, 지금 지영의 모습을 보면 충분히 그러고도 남았을 거라는 예상이 가능했다.

"그보다 지금 두 사람 대사, 시나리오에 쓴다?"

"마음대로."

신은정 작가의 말에 최민석은 상관없다는 듯이 무심하게 대답했고, 뒤이어 시선을 받은 지영도 고개를 끄덕였다.

좀 전의 두 사람은 즉흥 연기를 벌였다.

초고본을 받기는 했지만 완성본은 아직 받지 않은 상태였다. 그리고 초고본엔 좀 전 두 사람의 대사는 없었다.

즉, 둘은 대립 관계에 있으니 그 관계를 이용해 즉흥적으로 연기를 했다. 당연히 지영의 첫 대사는 폭군 이건의 말이었지만 그걸 최민석이 '짐'이라는, 천자를 지칭하는 단어를 이용해 아주 잘 받았다. 그 뒤부터는 다시 지영이 극 중 두 사람의 관계를 이용해 대사를 쳤고, 지영의 의도를 즉각 이해한 최민석도 그대로 받았다.

그의 침묵 또한 의도된 연기였던 것이다.

사실 지영은 이런 묵직한 연기자가 좋았다. 본인의 성격을 보면 훨씬 더 합이 잘 맞았기 때문이다.

"자, 한잔하자."

"네, 감사합니다."

쪼르르 떨어지는 소홍주를 넷은 단숨에 비웠다.

"너는 지금 모습으로 갈 거지?"

"지금요? 아, 좀 전에 연기요?"

"그래."

"네, 제 나름 해석해서 생각해 낸 캐릭터예요."

"흠… 좋지, 좋더라. 폭군, 딱 그렇게 느껴지더라. 제국을 위해서라면, 그리고 자신을 위해서라면 무슨 짓이든 하는 폭군."

"네, 정확하게 보셨어요."

물론 제국을 위해서라면, 이런 건 빼야 하지만 확실히 폭군은 그런 캐릭터다. 사실 지영은 폭군 이건이 본질적으로 가지고 있는 광기(狂氣)까지는 보여주지 않았다. 그랬다간 즐거운 저녁 자리에 무슨 일이 벌어질지 모르기 때문이었다.

"기대된다. 너랑 연기하는 거."

"감사합니다, 선배님."

"자, 건배."

넷은 다시 잔을 마주쳤고, 이어서 영화 애기와 사람 애기,

사는 얘기들을 하며 저녁 식사를 마무리했다. 뒤이어 배우 몇 사람이 더 합류해 2차를 시작했고, 자정이 훌쩍 넘어서야 끝났다. 술자리를 끝내고 집에 돌아온 지영은 방에 들어가기 전에 항상 담배를 피우던 벤치로 가서 앉았다.

"하……."

알싸한 알코올의 향기가 한숨에 섞여 찬 공기 속으로 사라졌다.

치익.

"후우……."

떠오르는 연기를 따라 무심코 시선을 들었더니 시리게 빛나는 달빛이 눈에 들어왔다.

"……."

황홀한 마력을 품고 있는 달이었다.

그런 마력의 달을 멍하니 한참을 보던 지영은 몸을 옥죄어 오는 것 같은 추위에 정신을 차리곤 자리를 털고 일어났다.

끼이익.

집 안은 조용했다.

발소리를 죽이고 방에 들어온 지영은 그냥 그 상태로 옷만 갈아입고 침대에 누웠다. 그러고는 곧바로 잠에 빠져들었다.

이민정 감독에게 촬영이 최종 마무리가 됐다는 연락을 받고 쫑파티를 한 지 일주일이 지났다. 지영은 이후 다시 또 몸 만들기에 돌입했다. 그래도 다행히 전에 만들어뒀기 때문에 다시 몸을 만드는 데 그리 힘들지는 않았다.

잘 먹고 운동을 하니 며칠 만에 몸은 대번에 변했고, 병약하던 모습은 온데간데없이 사라졌다.

2주쯤 지났을 때 지영은 오랜만에 은재와 외출을 했다. 목적지는 충주. 은재의 재단이 들어설 부지의 시찰과 곧 공사를 시작할 물류 센터도 한번 둘러보기 위해서였다.

김지혜가 운전하는 차에 타서 2시간쯤을 달려 충주 북부에 도착하자 넓은 산간 지역을 평평하게 공사한 재단 부지가 모습을 드러냈다.

지이잉.

자동문이 열리고 밖으로 나가자 산 정상의 바람이 아주 시원하게 불어왔다.

"으으, 시원하다!"

차에서 내린 은재는 휠체어에 갈아타고 기지개를 쭉 켰다.

넓은 공터에는 봄이 되면 공사를 시작하려고 자재를 가득 가져다가 쌓아놓은 게 눈에 보였다. 당연히 그 위는 넓은 방수포로 덮어놨다.

"먼저 돌아볼래?"

"아니? 은채 오거든 같이 볼래."

"그래, 그럼 추우니까 일단 저쪽으로 가 있자."

"응!"

요즘 들어 세상에서 가장 행복한 여자가 된 게 아닐까 싶을 정도로 은재의 미소는 눈부셨다. 꿈에도 그리던 자신의 재단을 만든다. 그 재단은 오직 세상에서 소외된 아이들을 위해만 일한다.

은재가 내세운 기치였고, 김은채를 통해 그녀의 의지는 아주 잘 전달됐다. 김은채는 본인의 병원 일도 바쁜데 동생인 은재를 위해 발 벗고 나서 각 분야에서 가장 청렴하다고 하는 운영진과 교사진을 직접 섭외했다.

솔직히 김은채가 없었으면 은재의 꿈은 돈이 있어도 실현되기 어려웠을 것이다. 돈이 있는 곳에는 당연히 날파리가 꼬이고, 그 날파리는 결국 재단을 좀먹을 테니 말이다.

인부들의 쉴 곳으로 은재와 함께 들어온 지영은 그녀를 소파에 편히 앉혔다.

지잉. 지잉.

"네, 여보세요?"

—도착했어?

"응! 지금 막 도착했어!"

—그래? 나도 지금 막 충주 들어섰어. 삼십 분이면 도착할 거야.

"응! 조심히 와!"

—응. 이따 봐.

뚝.

용건만 간단히 전달하고 전화를 끊은 은재는 또 지영을 보며 흐흐, 바보처럼 행복하게 웃었다.

"그렇게 좋아?"

"그럼! 나 지금 진짜 행복해! 널 만난 것도, 널 다시 만난 것도, 내가 잘된 것도, 그래서 아이들을 도울 수 있는 것도! 그 전부가 너무 좋아!"

흥분한 은재의 대답에 지영은 그냥 피식 웃고는 그녀의 머리를 쓰다듬어 줬다. 그러자 강아지처럼 올려다보던 은재는 입술을 삐죽 내밀었다.

쪽.

가볍게 입을 맞추고 나자 이번엔 지영의 주머니에서 폰이 울어댔다. 번호를 확인해 보니 임미정이었다.

"네, 저예요."

—잘 도착했니?

"네, 저랑 은재는 지금 막 도착했고 은채 올 때까지 기다리는 중이에요."

—그래? 그럼 잘 돌아보고, 은재랑 데이트도 좀 하고.

"하하, 네."

—저녁은 어쩔래?

"음… 그건 이따가 봐서 따로 연락드릴게요. 은채도 있으니 같이 먹고 들어갈 수도 있어서."

—그래, 그럼. 다섯 시까지는 연락 줘야 된다?

"네, 그럴게요."

—그래, 아들. 잘 돌아보고 와! 엄마가 같이 못 가서 미안하고!

"아니에요. 저 때문에 어머니도 바쁘시잖아요."

—이해해 주니 고맙네. 아, 손님 오셨다. 엄마 끊을게!

"네, 수고하세요."

전화를 끊고 나자 은재가 눈을 끔뻑이며 '뭐라셔?' 하고 입술만 움직여 물어왔다.

"잘 보고 오고, 저녁 어떡할 건지 물으셨어."

"그래? 선정 이모도 같이 왔으니까 저녁 혼자 차리셔야 되잖아. 우리 그냥 먹고 들어가자."

"그럴까?"

"응! 오랜만에 은채랑 밥도 먹고, 술도 한잔하고 싶고 그래."

"그래, 그럼."

요즘 들어 은재도 자기 전에 가볍게 한 잔씩 하는 걸 꽤나 즐겼다. 특히 팬들이 보내주는 와인에 푹 빠져 있었다. 지영도 몸을 만드는 중이지만 전처럼 날렵한 몸을 만드는 게 아닌지라 스케줄이 없으면 밤마다 은재와 술자리를 즐겼다.

둘이 도란도란 얘기를 한 지 20분쯤, 밖에서 차 소리가 들렸다.

"은채 왔나 보다."

"그러게. 나가자."

"응!"

다시 은재를 안아서 휠체어에 태우고, 둘은 밖으로 나갔다. 막 차에서 내리는 김은채가 보였다. 산골짜기에 오는 건데도 올 블랙 패션으로 한껏 치장한 김은채가 두 사람을 발견하곤 손을 흔들었다. 작은 아이스박스를 들고 있는 비서를 대동하고 다가온 김은채가 선글라스를 벗었다.

"어, 은채야. 얼굴 왜 그래?"

"아아, 아무것도 아니야. 신경 쓰지 마. 그보다 일단 돌자. 자자, 가자."

훠이훠이. 비켜봐.

지영은 그냥 가만히 옆으로 비켜섰다.

그러자 얼른 김은채가 은재의 휠체어를 밀어 앞으로 밀었다. 지영은 스쳐 지나갈 때 눈두덩에 난 멍을 잠시 바라보다가 한 걸음을 물러났다. 은재와 김은채가 먼저 가고, 지영은 조용히 비서의 옆으로 이동해 보폭을 맞췄다.

항상 보던 비서는 어딘지 좀 긴장한 얼굴이었다.

"은채가 말하면 죽인다고 했죠?"

"아……."

지영이 대번에 정곡을 찌르고 들어오자 김은채의 비서, 김미영은 화들짝 놀라는 걸로 질문에 답을 대신했다. 그런 솔직함에 지영은 그냥 피식 웃고 말았다.

비서라 함은 보통 입이 무거워야 한다. 딱 봐도 김미영은 대기업, 그것도 오너 일가를 케어하는 비서직에 있기에는 성격에 무리가 따랐다.

하지만 그럼에도 김은채는 언제나 항상 김미영만 대동하고 움직였다. 아마 그에 대한 이유도 따로 있을 거라고 생각한 지영이지만 그건 개인 프라이버시라 따로 묻지는 않았다.

"이성준가 이석준인가 하는 그놈이랑 연관된 일이에요?"

"…저는 정말 말씀드릴 수 없어요."

"네, 미안해요. 곤란한 걸 물어봐서."

애처롭게 떨리는 목소리라 지영은 더 이상 묻지 않기로 했다.

삑삑삑삑삑.

물류 센터 정문에 설치된 패드에 김은채가 핸드폰을 들여다보며 숫자를 입력하자 잠시 뒤에 쿠웅! 소리와 함께 육중한 철문이 열리기 시작했다.

콜록콜록!

"아오, 먼지. 청소 좀 해놓지, 좀!"

"으으……."

문이 열리자 가장 먼저 반긴 건 불을 켜지 않아 센터 안을 잠식하고 있는 새까만 어둠과, 한참 방치되어 있어 어둠과 친구 먹은 먼지였다. 지영은 주머니에서 손수건을 꺼내 입을 막았다.

김은채와 은재도 김미영이 서둘러 주고 간 손수건으로 입을 막았다.

"어디 있다고 했더라… 아, 여기."

안쪽에서 서성거리던 김은채가 전원 버튼을 찾았는지 잠시 조작하자, 지잉! 소리와 함께 천장에 달린 전등들이 일시에 빛을 머금었다.

"음……."

지영은 못해도 축구장 네다섯 개 정도는 우습게 나올 거대한 물류 센터 안을 보고는 일단 놀라움이 담긴 탄성을 흘렸다. 이렇게 클 수 있나 싶을 정도였다.

"와… 지영아, 엄청 넓어!"

은재의 환호에 지영은 그녀 옆으로 다가갔다.

반대로 김은채는 주변을 고심이 담긴 표정으로 확인하고 있었다. 그러고는 설계도인지 스케치북을 들여다보며 이것저것 확인했다. 아무것도 없어 주변을 살펴보는 건 아무런 문제가 되지 않았다.

주변을 둘러보던 지영은 불쑥 드는 생각을 그대로 입 밖으로 흘렸다.

"흠… 이거 숙소는 밖에 따로 지어야겠는데?"

"왜?"

"센터 자체가 돔 구조잖아. 여기에 숙소까지 지어서 아이들과 같이 생활하게 하면 무슨 실험실 느낌이 들 것 같아."

"아……."

격리형 돔, 새하얀 외벽이 이미 갖춰졌으니 이제 새하얀 가운을 입은 의사와 마찬가지로 새하얀 실험복을 입은 아이들만 있으면 진짜 실험실 기분을 아주 제대로 낼 수 있을 것 같았다. 리틀 사이코패스의 세트장도 이와 비슷한 구조였다. 그리고 그런 구조는 이상하게도 아이들의 불안한 심리를 증폭시키는 결과를 유발한다.

공간 자체가 가진 힘이었다.

"나도 동감. 이거 실험실 쥐도 아니고 이런 곳에는 애들 못 재우지. 봄이 오면 당장 아이들 숙소부터 밖에다가 지어야겠어. 체육관도 지어야겠고. 밖에 바닥도 싹 갈고 잔디도 깔아야겠고. 와우, 우리 은재 할 거 많은데?"

"힝……. 대신 오래 걸리겠지?"

"못해도 반년은 잡아야겠지? 건물이 게임처럼 뚝딱뚝딱 하면 지어지는 것도 아니잖아?"

"힝……."

"그 정도는 참아, 좀. 이런저런 수속 밟다 보면 안 그래도 반년은 더 걸릴 테니까. 아무리 천하의 강지영 씨 연인이라도 그게 그렇게 쉽게 되는 게 아니란다. 그리고 알지? 안 그래도 요즘 재단 비리 문제 많아서 심사 기준이 엄청 높아진 거."

"알지……. 어머님도 엄청 고생하셨는걸."

"급하게 갈수록 빼먹는 게 늘어날 뿐이야. 그러니 조바심 생겨도 하나씩 꼼꼼하게 확인하면서 가자. 알았지?"

"웅……."

오…….

지영은 김은채의 말에 저도 모르게 탄성을 흘렸다. 그리고 그 탄성을 들은 김은채가 획 시선을 돌리자 지영은 말없이 엄지를 척 내밀었다. 반응은 예상했던 대로였다.

"흐, 흥! 어쨌든! 급하게 가지 말자 이거야! 자, 이리 와봐."

은재를 이끌고 가던 김은채는 잠시 멈칫하더니 김미영에게 손짓을 했다. 쪼르르 김미영이 다가오자 김은채가 아이스박스에서 맥주 하나를 꺼내 지영에게 던졌다. 그러고는 자기도 하나, 은재도 하나 까주고는 이제 그만 가보라며 손짓으로 김미영을 쫓아냈다. 지영은 그런 두 사람을 가만히 살펴봤다.

마치 하인 부리듯이 김미영을 상대하고 있지만 웃기는 건 김미영의 얼굴에는 아주 조금의 불만도 없었다.

'감정을 숨기는 게 서툰 여자가 저런 걸 연기할 리가 만무하지.'

그게 참 신기했다.

저런 대접을 받고도 기분 나빠하기는커녕 반대로 입가에 은은한 미소를 그리고 있는 김미영. 하지만 아까도 생각했지만 개인 프라이버시니, 그냥 넘어가기로 했다.

"벽에 붙는 공간들만 이 층이나 삼 층 구조물을 새로 들일 거고, 이쪽 라인은 교실을 지을 거야. 이쪽은 교무실이랑 이런 곳 들어올 거고, 저쪽 끝은 급식소."

"응응!"

설명을 아주 열렬히 주고받는 둘을 보며 지영은 그냥 맥주를 땄다.

치익.

차가운 맥주가 넘어가자 먼지 때문에 조금 칼칼하던 목이 대번에 시원해지는 것 같았다. 김은채와 은재가 돌아다니며 아무것도 없는데도 구경하기를 30분 정도 지났을 쯤이었다. 지영은 좀 지겨운 감이 있어 밖으로 나와 담배를 꺼내 입에 물었다.

치익.

"후우……."

산 정상의 차가운 공기는 언제 맞아도 청량감을 선사했다.

발전 시설이라고는 아무것도 없는 시대서부터 살았던 지영이니, 이런 맑고 깨끗한 산 공기는 고행에 온 기분을 조금이나마 느낄 수 있게 해줬다. 하늘을 올려다보며 담배를 하나 다 피우고, 다시 하나를 꺼낼 때였다.

부으응!

끼이익!

새까만 승합차 두 대와 똑같이 새까만 세단 한 대가 들어와 공터 중간에 멈춰 섰다. 멈춰 선 승합차에서 정장 차림의 날렵해 보이는 사내들이 우르르 내렸다. 그러자 지영과 같이 왔던 회사원들이 곳곳에서 모습을 드러냈다.

지이잉.

중간에 있던 세단의 문이 열리고 그다지 보고 싶진 않은 인간이 내렸다.

"이야, 공기 좋다!"

씩.

기지개를 켠 그 사내는 이후 지영을 발견하더니 반갑게 손을 흔들며 그대로 똑바로 걸어왔다.

피식.

걸어오는 사내의 얼굴을 보자마자 실소가 나왔다. 아주 오랜만에 보는 얼굴이고, 왜 여태 조용했나 싶었던 놈이기도 했다.

이성준.

오성가의 차기 실세였다.

딸각.

품에서 담배를 꺼낸 이성준이 입에 물고는 여유로운 걸음으로 다가왔다. 지영은 별다른 반응을 보이지 않았다. 이성준이 여기에 찾아온 이유야 너무 뻔했다. 안에 있는 김은채를 보러 온 게 확실했다. 하지만 지금 김은채는 은재와 함께 있었다. 그래서 지영은 이놈을 안으로 들여보내기가 싫었다.

아니, 그럴 생각이 진짜 개미 눈곱만큼도 없었다.

빠르게 다가온 경호원에게 지영은 바로 지시를 내렸다.

"문 닫아요."

"네."

회사원 말고도 언제나 근거리에서 지영을 경호하는 개인 경호원의 수는 총 여덟 명이다. 저쪽은 승합차 두 대에 아주 대인원이 와서 열이 넘어 보였다. 하지만 지금 사람 머릿수가 중요한 게 아니었다.

"딴따라, 까불지 말고 문 열어라. 진짜 뒤지는 수가 있으니까."

근처까지 다가온 이성준의 말에 지영은 또 실소를 흘릴 수밖에 없었다. 로열패밀리? 그래, 돈 많은 집안에 태어나서 교육도 제대로 받고, 지닌바 능력도 출중한 것까지는 알겠다. 근데? 그래서?

겨우 그것뿐이 없는데?

물론 이 나라에서야 그 정도면 어디 가서 충분히 떵떵거리고 살 만하긴 하다. 변하고 있다지만 그래도 아직은 돈이 곧 권력, 무력 자체를 모조리 가질 수 있는 구조였기 때문이다.

“은채 얼굴, 니가 그랬냐?”

“니? 니이? 하, 이 새끼 봐라……?”

헛웃음과 함께 이성준이 지영의 앞으로 다가오자 옆에 있던 경호원이 그 자리를 조용히 막아섰다. 그러자 당연히 이성준의 뒤에 있던 경호원들도 앞으로 나섰다. 하지만 지영은 손을 뻗어 경호원을 제지했다.

“오성의 힘을 믿고 까부는 거면 조용히 꺼져.”

“넌 총장 백 믿고 까부냐? 내가 말했지? 그렇게 앞뒤 못 가리고 설치면 뒤지는 수가 있다고. 아, 맞다. 아까도 얘기했는데? 왜, 안 믿겨져?”

“해보든가. 경고하는데, 나한테 수작질할 생각이면 니 목숨도 걸어.”

지영이 씩 웃으면서 한 말에 여러 사람이 뜨악한 표정을 지었다. 지영의 나이 스물, 아니, 이제 스물하나. 대사 자체가 중2병 걸린 소년의 말이었기 때문이다. 그래서 뜨악한 표정을 지었던 사람 중 한 명인 이성준이 곧 배를 잡고 웃었다.

“목숨? 푸하하!”

푸하하하하!

이성준의 웃음소리가 워낙에 커서 산 정상을 쩌렁쩌렁 울렸다. 그리고 메아리까지 치면서 되돌아왔다.

"……."

하지만 지영은 그 웃음을 보며 조용히 웃고 있었다. 그래, 이 정도로 씨알도 안 먹힐 거라는 건 지영도 알고 있었다. 그래서 조용히 숨죽이고 있던 폭군을 발로 툭툭 걷어차 깨웠다.

—하아… 흐으…….

한숨인지 신음인지 모를 탄성과 함께 폭군이 깨어났다.

그리고 대번에 지영의 기세가 변했다.

짜르르한 살기와 광기가 서로 잡아먹으려고 한데 어우러져 악을 쓰면서도, 그 살벌한 기세를 사방으로 풍겨대기 시작했다. 그걸 가장 먼저 느낀 건 지영의 근처에 있던 경호원들이 아닌, 이성준의 뒤에 서 있던 경호원들이었다.

유리알처럼 번들거리기 시작한 살기, 그리고 광기. 그들은 그 눈빛이 어떤 눈빛인지, 대기업에 고용된 실력 있는 자들답게 곧바로 깨달았다.

흠칫!

기세에 놀란 지영의 경호원들도 본능적으로 지영에게서 한 걸음 물러났다. 그리고 가장 마지막으로 이성준이 변한 지영의 기세를 감지했다.

"아하하… 아?"

상체를 세우며 눈을 동그랗게 뜨는 그에게 지영은 한 걸음, 딱 한 걸음을 내디뎠다. 그러자 반응은 곧바로 왔다.

"어, 어어……?"

"막아! 막아!"

이성준이 놀라서 한 걸음을 물러나기 무섭게 경호 팀장으로 보이는 40대의 사내가 이성준의 앞을 가로막으며 소리쳤다. 하지만 지영은 그냥 웃었다. 아니, 폭군이 웃었다.

"가소롭구나……."

파박!

화악!

땅을 두어 번 박찬 지영의 몸이 엄청난 속도로 튕겨 나갔다. 그러곤 '윽!' 소리를 내며 놀라는 경호 팀장의 멱살을 순식간에 잡아챘다. 하지만 팀장직을 화투 쳐서 딴 건 아닌지, 곧바로 반격이 들어왔다.

훅!

손목을 내리누른 그가 팔꿈치를 곧게 접어 휘갈겼다. 바람 가르는 소리가 제대로 들리는 걸로 보아 맞으면 최소 턱이든 광대든 무조건 뼈가 주저앉을 만한 파괴력을 담고 있는 게 분명했다.

그리고 당연히 그런 힘이 담긴 공격을 지영이 맞을 리가 만무했다.

휙!

고개를 숙여 팔꿈치를 피한 지영은 그대로 앞으로 더 나아가 반쯤 돈 상체 때문에 훤히 보이는 겨드랑이 사이로 손을 쑥 집어넣었다. 그러곤 다른 손의 팔꿈치를 잡아 꽉 고정시키며 빙글 돌았다.

꽈악!

"으그……."

겨드랑이가 쭉 들렸고, 동시에 목 아래를 지영의 단단한 육체가 강하게 압박했다. 겨드랑이의 통증은 둘째 쳐도 이 정도면 숨이 턱턱 막힐 거고, 지영이 봐주지 않고 조금만 더 힘을 주면 무조건 의식을 잃을 것이다. 게다가 상체가 압박당해 반격은 꿈도 못 꾸는 상황이었다.

"……."

극극거리는 이성준의 경호 팀장을 잡은 채로, 지영의 차가운 시선은 이성준에게 딱 고정되어 있었다. 새파란 것 같기도 하고, 샛노란 것 같기도 하고, 새빨간 것 같기도 한 기이한 눈빛에 노출된 이성준은 이를 악물었다.

그도 본능적으로 알았다.

지금 이건 역으로 지영이 건 도발이라는 것을.

그리고 도발임과 동시에 기 싸움이라는 것도 알았다. 하지만 한낱 돈만 많은 인간이 지영의 눈빛을, 폭군 이건의 눈빛을 견디기엔 너무나 부족했다. 팀장이 잡히자 움찔한 동료 경호원들이 움직이려 했다.

우드득…….

"끄으으……!"

하지만 팀장이 입에서 흘리는 신음 소리에 움찔하고는 다시 그 자리에 멈췄다. 얼마나 세게 짓누르는지 팀장의 얼굴은 벌써부터 하얗게 질려가고 있었다. 고통도 고통이지만 그는 본능적으로 느끼고 있었다.

강지영.

이 인간은 진짜로 수틀리면 이 상태에서 목을 비틀어 버릴 거라는 걸 느낀 탓이었다. 사실 그럴 가능성은 한없이 제로에 가까웠다. 지영이 무슨 조폭도 아니고, 아니면 도망쳐야 하는 도망자도 아닌데 여기서 미쳤다고 대기업 오너 일가 경호원을 죽이겠나. 게다가 아버지가 검찰총장이다.

그러니 여기서 자신이 죽을 일은 전혀 없었다. 하지만 그럼에도 그는 그렇게 느끼고 있었다.

잘못하면 죽는다…….

사람을 죽여본 자를 그도 만나본 적이 있다. 그런 자는 일반인이 보기에도 소름 끼친다는 인상을 심어주게 된다. 근데 그는 경험이 훨씬 많았다. 당연하게도 군 출신인 그는 예전 피 튀기는 구출 작전을 경험했다. 그래서 더 잘 알 수 있었다.

아니, 느낄 수 있었다.

이자, 사람을 죽여본 자라는 것을…….

스르륵.

뒷머리를 받치고 있던 비교적 자유로운 손이 뱀처럼 움직여 팀장의 턱 아래를 손바닥으로 받쳤다.

짜르르…….

또다시 팀장은 이 행동의 의미를 아주 확실하게 깨달았다. 여기서 그대로 턱을 젖혀 올리면서 틀어버리면 자신의 목은 깔끔하게 돌아간 뒤, 꺾여 버린다. 이 세상 그 누구도, 그 어떤 인간도 목이 꺾인 채 돌아가고 나서는 살 수가 없었다. 정말 천운이 따라준다면 살기야 살겠지만 그 순간 식물인간 당첨이다.

말도 안 되는 상황이 그에게 엄청난 공포를 선사하기 시작했다.

"으으… 아, 안 돼……."

이미 항거 불능이다.

제대로 조여져 힘을 조금도 넣을 수가 없었다. 한 번에 이렇게 당한 게 어이가 없긴 하지만 지금 당장 중요한 건 그게 아니었다. 자신은 제압당했고, 자신을 제압한 사내는 전 세계인이 아는 유명한 영화배우지만 아주 확실한 살의를 품고 있었다.

상식적으로 말이 안 되는 상황이지만, 일은 이미 벌어졌다. 당장은, 진짜 당장은 사는 게 먼저였다.

그래서 그는 애원하는 눈빛으로 앞에 선 사내를 바라봤다.

하지만 자신의 경호 대상이자 고용주는 이를 악문 채 자신이 아닌, 자신의 목숨 줄을 쥔 영화배우만 보고 있었다.

"그으……."

뇌로 가는 산소의 양이 줄어들자 호흡이 점차 가빠졌다. 앞이 슬슬 흐릿해져 가는 것 같기도 했다. 하지만 그는 기절할 수 없었다. 기절하는 순간 다시는 눈을 뜰 수 없을지도 모른다는 공포감이 엄습했기 때문이다.

"너 씨발… 지금 내, 내 사람 건드리는 거야? 씨발, 넌 이제 끝났어……!"

그, 그게 아니지……!

그는 속으로 소리쳤다.

놔주라고 해야지!

그러고 나서 얘기해야지!

그는 다짐했다.

풀려나는 순간, 저 개새끼의 경호는 당장에 때려치우고 말 거라고.

"왜 내가 놔줘야 하지?"

스산하다 못해 진짜 미치도록 무서운 목소리가 뒤통수 뒤에서 음산하게 흘러 나갔다. 소름이 끼쳤다.

"너! 너……! 야! 경찰! 경찰 불러!"

이성준이 악을 쓰자 '후후후……' 음산한 웃음이 다시금 귓가로 들려온 그는 진짜 미칠 것 같았다. 작전에 나갈 때도 이 정도는 아니었다. 그 빌어 처먹을 소말리아 해적들? 그들도 미치긴 미친 것 같았지만 지금 등 뒤에 있는 이 인간처럼 광기와 살기를 반찬으로 밥 비벼 먹는 것 같은 인간은 아니었다.

숨이 막혔다.

실제로 숨이 막힌 상태기도 했지만, 이건 차원이 다른 공포가 영혼의 숨을 꽉 틀어쥐고 있는 것 같았다.

"제, 제발……."

그래서 그는 이제 자신의 고용주가 아닌 자신의 목줄을 쥔 자에게 애원했다. 그러자 새근거리는 숨소리가 가까워졌다.

"살고 싶은가?"

"그으, 니, 네에……."

"그럼 가서 주인의 목을 따오겠느냐?"

"그, 그으……."

"공평하지 않으냐. 너는 목숨을 챙기고, 나는 저 인간의 목숨을 챙기고."

"……."

악마의 유혹이었다.

말이 유혹이지, 이건 그냥 협상도 뭐도 아닌 개소리기도 했다. 하지만 그의 입장에서는 그 말조차 달콤하게 들렸다. 인간이 가진 가장 원초적인 생존 욕구가 강렬하게 발현되기 시작한 탓이다.

그런 그에게 다시금 폭군의 목소리가 들려왔다.

"보거라, 너의 주인이란 자의 행태를. 신하인 너의 목숨은 안중에도 없구나. 오직 짐을 곤욕스럽게 만들 생각만 가득하지 않느냐."

꽈드득.

"크윽……."

"자고로 신하는 군주를 잘 골라 섬겨야 하는 법이다. 저승에 가거든, 내 얘기를 잊지 말고 참회하거라."

"아, 안……."

꽈악!

크르르…….

힘을 주고 있기 무섭게 몇 초 지나지 않았는데 팀장의 눈이 뒤집혔다. 그가 축 늘어지자 폭군 이건은 목을 감고 있던 손을 풀었다.

스르륵.

털썩.

쓰러진 팀장을 힐끔 본 그는 이후 입을 쩍 벌리고 있는 눈앞의 인간들을 바라봤다.

"주, 죽였……."

"후후… 오랜만에 공포가 담긴 얼굴을 보니 감회가 새롭긴 하나, 피를 볼 수는 없다는 사실이 흥을 깨는구나."

"미, 미친놈……."

화르르…….

눈을 감았다가 다시 뜬 폭군 이건, 아니, 지영은 어느새 주변을 장악하고 있던 강렬한 기세를 이미 거둬들이고 난 뒤였다.

피식.

자신을 놀란 눈으로 바라보는 이들을 한 번씩 보던 지영은 이성준에게 다시 걸음을 뗐다.

"오, 오지 마! 씨발, 오지 말라고!"

"……."

하지만 그러든 말든 지영은 걸음을 멈추지 않았다.

『천 번의 환생 끝에』 11권에 계속…